I0639685

Gerhard Wehr
Der Chassidismus
„Gott in der Welt lieben"
Mysterium und spirituelle Lebenspraxis

Bibliografische Information der Deutschen Nationalbibliothek
Die Deutsche Nationalbibliothek verzeichnet diese Publikation in der
Deutschen Nationalbibliografie; detaillierte bibliografische Daten sind
im Internet über http://dnb.d-nb.de abrufbar.

© 2009 by opus magnum, Stuttgart (www.opus-magnum.de)
Version 1.01
Umschlaggestaltung, Grafik und Layout: Dr. Lutz Müller
Titelbild nach einem Motiv von Iris Sonnenschein

Herstellung: Book on Demand GmbH., Norderstedt
Alle Rechte vorbehalten.
ISBN 13: 978-3-939322-10-8

Gerhard Wehr

Der Chassidismus

„Gott in der Welt lieben“
Mysterium und spirituelle Lebenspraxis

opus magnum

Dr. theol. h. c. Gerhard Wehr, geb. 1931 in Schweinfurt. Nach langjähriger Tätigkeit auf verschiedenen Feldern der Diakonie innerhalb der evangelischen Landeskirche Bayerns war er von 1970 bis 1990 Lehrbeauftragter an der Diakonenschule (Fachakademie für Sozialpädagogik) Rummelsberg.

Jetzt freier Schriftsteller in Schwarzenbruck bei Nürnberg, Verfasser zahlreicher Studien zur neueren Religions- und Geistesgeschichte, darunter Biografien über Martin Buber, C. G. Jung, Rudolf Steiner, Jean Gebser, H. P. Blavatsky, Friedrich Rittelmeyer; Editionen zur deutschen Mystik.

Ein Großteil seiner Werke ist in europäische und asiatische Sprachen übersetzt.

Inhalt

In religiös dürftiger Zeit

Welch eine Faszination üben die Bilder Chagalls auf uns aus!
Wen rühren nicht jiddisch gesungene Volksweisen an? Und wer
ist nicht entzückt, wenn Martin Bubers chassidische Anekdoten und Legenden erzählt werden? Da wie dort kommt etwas
von der chassidischen Spiritualität zur Sprache, so problematisch die Frage nach dem Verhältnis von Schilderung und
historischer Realität von Fall zu Fall sein mag. Aber was ist
der Chassidismus, seine Wesensgestalt in Dichtung und Wahrheit? Auf diese Frage antwortet Elie Wiesel, der selbst von einer
chassidischen Familie abstammt. Auch er kleidet seine Erklä-
rung ins Gewand einer Anekdote:

> *Kennt ihr die Geschichte von dem Schmied, der selbständig*
> *sein wollte? Er kaufte einen Amboß, einen Hammer und*
> *einen Blasebalg und machte sich an die Arbeit. Vergeblich.*
> *In der Schmiede regte sich nichts. Da sagte ein alter Schmied,*
> *den er um Rat gebeten hatte: Du hast alles, was du brauchst,*
> *nur der Funke fehlt. "[1]*

Unnötig zu sagen, was diese unscheinbare Feststellung besagt,
wenn es sich um das geistig-religiöse Leben handelt und um
die Phänomene, die heute wie je damit verbunden sind. Auf
der einen Seite lässt sich mit den Worten Assimilation, sodann
mit den Schlagworten Säkularisation und Veräußerlichung in
einer globalisierten Welt jener Trend bezeichnen, der allerorten zu beobachten ist. Die einst während vieler Generationen
gewachsene Frömmigkeit hat ihren Sitz im Leben verloren.
Niemandem bleibt verborgen, welchen Umfang das geistli-

che Vakuum im „christlichen Abendland" aufweist. Auf der anderen Seite gibt es Anzeichen einer vielgestaltigen religiös-spirituellen Suchbewegung, die seit Jahrzehnten besteht und in raschem Wandel begriffen ist. Ein merkwürdiges, zugleich widersprüchlich erscheinendes Gegenüber! Seit geraumer Zeit wird diese Tatsache diskutiert.

Hatten einst im westlich-abendländischen Bereich über Jahrhunderte hinweg die christlichen Bekenntnisse das Monopol auf eine Norm setzende, Werte bestimmende Spiritualität inne, so ist die von den verfassten Kirchen bestimmte Religiosität augenscheinlich im Schwinden begriffen. Abzulesen ist dies nicht allein an der Kirchenaustrittsbewegung im Protestantismus, mehr noch im Katholizismus. Kirchliche Großereignisse, in denen massenhypnotische Wirkungen zu beobachten sind, können den längst eingetretenen geistlichen Substanzschwund weder kaschieren noch ausgleichen.

Die Sehnsucht nach Überwindung und Durchbrechung der erstarrten Formen konventioneller Glaubenssätze ist groß. Groß ist der Hunger nach einer unmittelbaren religiösen Erfahrung, die dem heutigen Bewusstsein angemessen ist, also weder einem realitätsfremden Fundamentalismus verfällt noch sich in einen religiös verbrämten geistlosen Aktionismus sogenannter „neuer Wege" der Verkündigung verirrt.

Doch halten wir uns an dieser Stelle nicht mit bloßen Analysen auf, die Herkunft und Ursache dessen zu erklären vermögen, was der Überwindung harrt und was nach ganzheitlicher Erneuerung ruft. Das gilt auch für die Frage nach dem Gegenüber der Bereiche von „heilig" und „profan", die durch einen „garstigen Graben" voneinander getrennt erscheinen. Eine knappe Vergewisserung mag genügen: Zweifellos blicken wir in der einst vom kirchlichen Leben durchdrungenen Kultur auf eine lange Tradition zurück, die durch jenen tragischen Dualismus von Diesseits und Jenseits, von Geist und gottferner, von „sündiger" Materie gekennzeichnet war. Sich mit der Welt einlassen, dem Leiblichen zuviel Aufmerksamkeit schenken, stellte nach Meinung gewisser kirchlicher Kreise seit Jahrhunderten eine „Gefahr" dar, die es zu bannen galt. Die Seele, so hieß es unter Berufung auf die idealistische Philosophie des klassischen Griechenland, stamme aus den lichten Höhen des göttlichen Geistes; der materielle Leib hingegen sei, wie alles Irdische gefangen, ja im Körper begraben. Sich nur nicht beschmutzen mit dieser Welt! So lautete die Parole. Diese Welt sei ohnehin das fragwürdige Produkt eines bösen Demiurgen (Weltschöpfers), so meinte man zu wissen.

Zwar rottete die „siegreiche" Kirche den Gnostizismus der ersten nachchristlichen Jahrhunderte mit Feuer und Schwert aus, zwar vernichtete sie bis auf geringe Reste seine Dokumente, doch die gnostizistische Leibfeindlichkeit fand in Kirchenlehre und Moraltheologie auf vielen Kanälen Eingang in das normierte Leben der Christenheit. Und dies für die Dauer von nahezu zweier Jahrtausende. Dabei haben die Auswüchse eines für Priester und Ordensleute erzwungenen zölibatären Lebens bis ins Pathologische und Kriminelle hinein weltweite Ausmaße erlangt, die gerade auch in der Gegenwart oft genug Anlass genug sind angeprangert und verurteilt zu werden.

Welch ein Widersinn! Denn: Wer die Welt liebhat, der sündigt, so lehrten bereits die frühen Kirchenväter, obwohl dem aus jüdisch-hebräischen Wurzeln stammenden Urchristentum eine große Schöpfungsnähe und Lebensfreude zu bescheinigen ist. Eine vom hellenistischen Dualismus beinflusste Auslegung bestimmter Stellen des Neuen Testaments, die vom Leben im Geist sprechen oder vom „Wandel im Himmel" (Phil 3, 20) reden, sorgte dafür, dass die positiv gestimmte Frömmigkeit des jüdischen Väter- (und Mütter-!)Erbes in Vergessenheit geriet. Und nicht nur dem Eros gab man „Gift zu trinken" (Nietzsche), ein Gift, das kulturgeschichtlich betrachtet freilich älteren, vorchristlichen Datums ist.

Am Eingang seiner „Selbstgespräche", den aufschlussreichen „Soliloquia", hat Augustinus, dieser im Positiven wie Negativen richtungweisende Kirchenvater des Abendland, das verpflichtende Leitmotiv ausgesprochen: „Jetzt liebe ich nichts anderes als *Gott und die Seele*." Und um sich des Gemeinten genau zu vergewissern, die Rückfrage: „Weiter nichts?" Seine Antwort konnte daher nur lauten: „Gar nichts weiter!"[2] – Eine folgenschwere Antwort, wenn wir an die daraus sich ergebende Preisgabe von Schöpfung und Natur durch viele Vertreter der christlichen Theologie, der Theosophie und Frömmigkeit denken.

Die Schar derer, die mit Franziskus von Assisi zu aller Geschöpflichkeit ein geschwisterliches Verhältnis pflegten oder die mit Paracelsus, Jakob Böhme, Friedrich Christoph Oetinger und den rosenkreuzerisch gesinnten Alchymisten die Leiblichkeit als Ende, das heißt als Ziel der Wege Gottes erkannten, wurden zu oft genug zu Außenseitern abgestempelt.[3] Und die Folgen?

Eine weltarm gewordene „Gott und die Seele"-Frömmigkeit überließ schließlich einer quantativ-materialistischen Naturwissenschaft und Technik diese Erde. „Gott schuf" ist zwar noch ein theologischer Lehrsatz geblieben, aber er blieb eher für den Katechismus bestimmt, sofern dessen Hauptstücke auch nur zur Kenntnis genommen werden. Ethische Konsequenzen, die über den Menschen hinausweisen, hat dieser Satz nicht. „Zur Bildung der Erde sind wir berufen", proklamierte noch Novalis. Heute sprechen wir von der übel manipulierten Umwelt und lamentieren über den von uns „geplünderten Planeten", der auf seine Weise auf Menschheit und Leben zurückschlägt. Der „garstige Graben"zwischen mystischer Innerlichkeit und einer verantwortlichen Weltgestaltung könnte kaum tiefer sein! – „Wann wird man je verstehn?"

Was nun Anregungen und Impulse für eine Erneuerung im religiösen Leben anlangt, so fehlt es nicht an lebendigen Vorbildern für eine gläubige Hinwendung zur Welt und für eine in Freude vollzogenen Gottesverehrung. Unsere Aufmerksamkeit richtet sich aus dieser Situation heraus auf eine kleine, eher am Rande von Geschichte und Gesellschaft entstandene, zugleich leidgeprüfte Bewegung. Es handelt sich um die ostjüdischen Chassidim, um jene Frommen, denen daran lag, trotz großer Not und Armut, ein durch Gottesfreude bestimmtes Leben zu führen.

Dabei geht es im Folgenden weniger darum, zu zeigen welche Rolle der Chassidismus innerhalb des Judentums gespielt hat, zumal er – abgesehen von äußeren Bedrängnissen – bei der zeitgenössischen Judenheit durchaus umstritten war und von aufklärerisch Gesinnten wie von rabbinisch-orthodoxen Juden als Schwärmerei abgetan wurde. Oft ist es aber gerade das Unscheinbare, das Unspektakuläre, das uns aufmerken lässt, selbst wenn allerlei Vorbehalte und kritische Rückfragen erhoben werden können. Es kann daher nicht um eine kurzschlüssige Idealisierung ebenso wenig gehen wie um den eventuellen Versuch, den Chassidismus als eine universelle Problemlösung empfehlen zu wollen.

Dennoch: Was jene Frommen und ihre „Botschaft" anlangt, so gingen von ihnen gerade auch in außerjüdischen Bereich hinein mancherlei Wirkungen aus. Man denke nur an das Interesse, das den Nacherzählungen und Deutungen Martin Bubers (1878 – 1965) bis heute widerfährt. Dabei darf als unerheblich angesehen werden, ob und inwieweit das Geschilderte jeweils mit geschichtlicher Realität übereinstimmt.

Zunächst ist festzuhalten, dass wir es mit einer spirituellen Erneuerungsbewegung zu tun haben, die sich um die Mitte des 18. Jahrhunderts in jenem südpolnischen und ukrainischen Raum ausbreitete, der vor dem Holocaust zum Hauptverbreitungsgebiet der Ostjuden gehörte. Dieser Bewegung gelang es, den in Formalismus und ritueller Gesetzlichkeit verharrenden Synagogengemeinden Impulse zu einer religiösen Erweckung zu vermitteln. Eine neue Spontaneität brach auf, ein Feuer der Begeisterung in er Hingabe an Gott.

Und vermag der Enthusiasmus in der Regel auch nicht immer jene Problemlösungen zu bringen, nach denen gesucht wird, so setzt er doch Zeichen, die Beachtung verdienen. Es sind Zeichen einer Sehnsucht, auch Zeichen für eine neue Einstellung zum Leben in der Welt, – Hoffnung erweckende Zeichen. Und zwar selbst für Menschen, die unter völlig anderen, zivilisatorisch besseren Verhältnissen leben. Überwindung der Not ist möglich, Erlösung kündigt sich an, ja sie lässt sich in den alltäglichen Verrichtungen geradezu bewirken, vorausgesetzt alles Tun geschieht in der gesammelten Ausrichtung auf Gott hin. Der Gottesdienst, der bisweilen eine enthusiastische Note trägt, soll und kann mitten im Alltag vollzogen werden. Gerade hier, im Umgang mit den einfachen Dingen!

Allein diese, letztlich an keine bestimmte religiöse Form gebundene Überzeugung verdient, ernst genommen zu werden, zumal der Chassidismus nach dem Urteil Gershom Scholems (1897 – 1982), des nach wie vor maßgeblichen Erforschers der jüdischen Mystik, „eine noch heute lebendige Erscheinung (ist). Wie sehr man ihn in seinen konkreten Äußerungen auch für degeneriert halten mag, so ist er doch als wirkende Macht für ungezählte Tausende des jüdischen Volkes nicht hinwegzudenken. Und mehr als das: einige lebendige Geister, die durchaus nicht alle von der sogenannten strengen Wissenschaft herkamen, entdeckten zuerst, dass unter der sonderbaren und exotischen Hülle des chassidischen Lebens gewaltige religiöse Werte verborgen liegen, die in dem erbitterten Kampfe zwischen Mystik und Aufklärung im 19. Jahrhundert mit allzu leichter Hand in den Winkel geschoben worden sind."[4]

Was von den Chassidim in Geschichten, in Legenden und Wahrworten weitergesagt wird, das konfrontiert die Nachgeborenen mit Menschen, die die Fülle des Seins in den geringen Dingen zu sehen vermögen. In ihren Mythen und Erzählungen begegnen wir den Zeugen einer der Welt- und der Schöpfung zugewandten, zugleich werkfreudigen Mystik. Das will besagen: Es ist eine Mystik gemeint, die gemäß des Wortsinnes (von griech. *myein*, schließen) sich nicht etwa schweigend aus der Welt zurückzieht, sondern deren Anhänger und Anhängerinnen sich tätig ins konkrete Leben hineinstellen. Es sind Menschen, denen es gegeben ist, die „chassidische Feier" (E. Wiesel) zu begehen. Dabei muss man nicht an kulturelle und handwerkliche Großtaten denken. Damit konnten jene Frommen nicht glänzen. Achtsamkeit verdient eben bereits das Geringe. Hatte nicht auch Meister Eckhart die Devise ausgeben: *Gott in allen Dingen ergreifen* ? Und: Gibt es überhaupt Situationen, die der Gottesgegenwart bar sind? Demnach kann es nicht Wunder nehmen, wenn einer dieser Frommen einem Zweifler an der Existenz Gottes antwortet: „Zeig' mir einen Ort, an dem Gott *nicht* ist!" Und er, der Unbegrenzte umgreift offensichtlich die Dimensionen dessen, was ist.

Da erhebt sich der Einwand: Ist die Welt jener Chassidim und die ihres Erweckers samt der vielen von Legenden umrankten geistergriffenen Führergestalten (Zaddikim) nicht längst versunken? Mit welchem Recht lässt sich sagen, dass die Ostjuden nach den Greueln nationalsozialistischer Massenvernichtung überlebt haben? – Gewiss, auch heute gibt es in Israel und in den Vereinigten Staaten sowie an manch anderen Orten Nachfahren jener Frommen aus dem Osten Europas.

Mit nicht geringem Selbstbewusstsein vertreten sie die Tradition, die in ihnen und durch sie fortlebt, und zwar ungerührt von der Einschätzung, die sie von Fall zu Fall durch ihre Mitwelt erfahren. Offenbar ist dies nicht das einzige Indiz dafür, dass die *Chassidische Botschaft* als solche lebt und dass von ihrer Kunde jener eigentümliche Zauber ausgeht, der ihren Erzählungen innewohnt. Ist es etwa nicht die Sage von gottentbrannten Männern und Frauen, deren Sehnsucht und Hoffnung die Menschen anrührt, sie „verzaubert"? Könnte es andererseits sein, dass man „nur" einer literarischen Fiktion nacheilt, die erst in der Bezeugung Nachgeborener Glanz und Größe zeigt, die ihr in der Realität fehlte?

Und wenn eingangs von jenem belebenden „Funken", von der in Elie Wiesels erwähnten Anekdote die Rede war, so fragt sich: Worin mag dieser Funke bestehen, die den Chassidismus zum Leuchten bringt? Wie kommt man mit ihm in Berührung und wie begegnet man ihm? – Offenbar muss da jeder (und jede) den ihm oder ihr gemäßen Weg suchen, weil es keine ein für allemal gültige Verhaltensregel geben kann.

Der aus Prag stammende tschechische Schriftsteller Georg Langer (1884 – 1945) ist einer von denen, die auf seine Weise den Spuren des chassidischen Geheimnisses nachgegangen. Er machte sich auf den Weg gen Osten. Er betrieb rabbinische und kabbalistische Studien beim Rabbi von Belz in Ostgalizien, ehe er selbst als Religionslehrer tätig war und ehe er von seinem Erleben Zeugnis ablegen konnte und schließlich während des 2. Weltkriegs nach Palästina flüchtete. Sein Resümee ist zwar nicht gerade ermutigend. Aber vielleicht regt das Berichtete dennoch die Neugierde an. Georg Langer schreibt:

Ungangbar ist der Weg in das Reich der Chassidim. Der Reisende, der unerfahren und ungenügend ausgerüstet sich durch das Dickicht des Urwaldes durcharbeiten möchte, ist nicht kühner als jemand, der sich vornimmt, in die chassidische Welt einzudringen, die nicht leicht erschaubar, ja durch ihre Wunderlichkeiten abstoßend ist. Es mag einem vorkommen, als sei man für einen Augenblick in ein fernes exotisches Land versetzt, wo andere Blüten wachsen und andere Sterne leuchten; in uralte Zeiten, in denen die Wirklichkeit zum Traum geworden ist und der Traum zur Wirklichkeit.[5]

Wirklichkeit? Gewiss, und zwar als eine Weise, das Mögliche – wo auch immer, wann auch immer – ins Werk zu setzen oder es zumindest zuzulassen. Wirklichkeit ist, wo verwirklicht wird. Wirklichkeit ereignet sich im gelebten Leben. Wo denn sonst? Doch alles menschliche Tun bedarf einer Ausrichtung, einer Motivation. Es bedarf eines Woraufhin dessen, was man tut und was einem – abseits jeder Institution oder Autorität – aufgetragen ist. An einer solchen Ausrichtung war dem Baal-Schem Israel ben Elieser, jener legendenumwobenen charismatischen Gründergestalt der chassidischen Gemeinschaft, gelegen, von dem noch gesondert zu sprechen ist. Und so unmittelbar Zeichen und Vorbilder zu wirken vermögen, es ist gewiss gut, sich auch die Distanz zu vergegenwärtigen, die zwischen ihm und uns besteht. Und es handelt sich nicht nur um den zeitlichen Abstand dreier Jahrhunderte!

Der berühmte hebräische Erzähler Samuel Josef Agnon (1888-1970) hat Gershom Scholem jene kurze Geschichte mitgeteilt, die etwas von dem chassidischen Geist atmet und die das Gemeinte trefflicher erfasst als eine nüchterne Feststellung oder als eine gelehrte Untersuchung. In der Wiedergabe Scholems hört sich die Erzählung so an:

Wenn der Baal-Schem etwas Schwieriges zu erledigen hatte, irgendein geheimes Werk zum Nutzen der Geschöpfe, so ging er an eine bestimmte Stelle im Walde, zündete ein Feuer an und sprach, in mystische Meditationen versunken, Gebete – und alles geschah, wie er es sich vorgenommen hatte. Wenn eine Generation später der Maggid von Meseritz dasselbe zu tun hatte, ging er an jene Stelle im Walde und sagte: „Das Feuer können wir nicht mehr machen, aber die Gebete können wir sprechen“ – und alles ging nach seinem Willen. Wieder eine Generation später sollte Rabbi Mosche Leib aus Sassow jene Tat vollbringen. Auch er ging in den Wald und sagte: „Wir können kein Feuer mehr anzünden, und wir kennen auch die geheimen Meditationen nicht mehr, die das Gebet beleben; aber wir kennen den Ort im Walde, wo all das hingehört, und das muss genügen.“ – Und es genügte. Als aber wieder eine Generation später Rabbi Israel von Rischin jene Tat zu vollbringen hatte, da setzte er sich in seinem Schloss auf seinen goldenen Stuhl und sagte: „Wir können kein Feuer machen, wir können keine Gebete sprechen, wir kennen auch den Ort nicht mehr, aber wir können die Geschichte davon erzählen.“[6]

Und – so fügt der Erzähler hinzu – seine Erzählung allein hatte dieselbe Wirkung wie die Taten der drei anderen.

Damit ist – jedenfalls für den Nichtjuden und für den Nichtchassiden – der Ort, offenbar der einzige Ort bezeichnet, den diejenigen aufsuchen können, die des Signal- und Beispielcharakters chassidischer Wirklichkeit gewiss werden wollen.

Demnach ist es in der Tat die Erzählung, die Legende, die Anekdote, das weisheitsvolle Wort, wie es uns in den Aufzeichnungen aus der chassidischen Tradition vorliegt. Unsere Geschichte lässt auch durchblicken, was bei religiösen Aufbrüchen, Reformen und Erneuerungsbewegungen immer wieder zu beobachten ist, nämlich dass Intensität und Spontaneität eines spirituellen Anfangsimpulses über die Generation des jeweiligen Gründerkreise kaum hinausreichen. Den Chassidim erging es kaum anders. Von Generation zu Generation erfolgte notgedrungen ein Substanzverlust.

Geblieben aber ist so etwas wie ein unvergänglicher „Rest", von dem sauerteigartige Fermentwirkungen auf die Nachgeborenen ausgehen können, wenn immer es den betreffenden Menschen gegeben ist, das überkommene Geisteserbe zu vergegenwärtigen. Denn, so fügt Scholem die Gültigkeit des Mitgeteilten bekräftigend hinzu: „Die Geschichten sind noch nicht tot, sie sind noch nicht Geschichte geworden, das geheime Leben in ihnen kann heute oder morgen bei dir oder bei mir zum Vorschein kommen [...]"[7] Man darf nur keine kurzfristig eintretende Spontanerfahrung erwarten. Deshalb gibt der tschechische Autor Georg Langer aufgrund seines eigenen, nicht gerade beglückenden Erlebens zu bedenken: „Das Tor ins Reich der Chassidim öffnet sich vor niemandem mit einem Male. Es ist mit einer langen Kette körperlicher und seelischer Entbehrungen verschlossen. Aber wer einmal in dieses Reich geschaut hat, wird nie die Schätze vergessen, die er dort wahrgenommen hat."[8]

Aber das Urteil Scholems sowie anderer mit der ostjüdischen Erzähltradition Vertrauter ist – ebenso wie die Erzählweise Martin Bubers – im Zusammenhang der neueren Chassidismus-Forschung nicht unwidersprochen geblieben. Davon später. So wurde auf den bisweilen vernachlässigten, jedoch unverzichtbaren Einbezug der chassidischen Homilie beziehungsweise der Midrasch-Literatur hingewiesen, das heißt auf jene Traktate, die der Lehre und Auslegung der jeweils zugrundeliegenden Geistesanschauung gewidmet sind.[9]

Karl Erich Grötzinger weist in seinem umfassenden Werk über das „Jüdische Denken" in diesem Zusammenhang gleichwohl auf die Hochschätzung hin, die die volkstümliche Religiosität durch den Chassidismus erfahren habe. Und er erinnert an „Schivche ha-Bescht", die älteste und wichtigste Legendensammlung, in der der hohe Rang der Erzählungen herausgestellt ist, denn, so heißt es da: „Jeder, der Geschichten zum Preis der Zaddikim erzählt, gleicht einem, der in das Studium des göttlichen Thronwagens versunken ist." Und Grötzinger ergänzt hinzu: „Hier wird das Erzählen von Geschichten der traditionell höchsten Stufe mystischer Erkenntnis im Judentum gleichgesetzt. Noch wichtiger mag gewesen sein, dass man glaubte, durch das Erzählen von Wundergeschichten werde die in den Buchstaben und Wörtern der Erzählung ruhende Macht erweckt, welche die göttliche Wurzel der Wunder anregt, um so entsprechende Wunder zu wiederholen."[10]

Offensichtlich waren die Erzähler und ihre ersten Zuhörer oder Leser von der Überzeugung beseelt, dass jene Erzählungen in sich verborgene und erhabene Dinge zum Inhalt haben, selbst wenn einzuräumen ist, dass sich bei der Weitergabe manche Textverderbnis eingeschlichen habe. Und von Rabbi Nachman aus Bratzlaw, dem Urenkel des Baal Schem, wird berichtet, sein Urgroßvater habe durch das Erzählen solcher Geschichten mystisch-magische Vorgänge, sogenannte Einungen (Jichudim), bewirkt. Was nicht einmal durch das Gebet in die Wege geleitet werden konnte, das sei mittels Nacherzählung bestimmter Geschichten zu einem guten Ende gebracht worden.

Schließlich kommt die Pflege der chassidischen Erzähltradition nicht von ungefähr. Sie ist in der religiösen Überlieferung, insbesondere auch des Judentums, sodann des Christentums verwurzelt. Schon die hebräische Bibel beginnt mit einer Erzählung: „Am Anfang schuf Gott…" (Bereschít bara Elohim) und eine durchgehende Folge von Schilderungen, die von der Geschichte Gottes mit den Menschen berichtet, durchzieht das gesamte Korpus der Schriften, an das sich die neutestamentlichen Evangelium in ähnlichem Duktus anschließen. So ist es nur folgerichtig, dass den Vätern geboten ist, „die großen Taten Gottes" seinem Volk in der jeweils kommenden Generation weiterzusagen.

Der geschichtliche Ort chassidischer Spiritualität

Im Wandel der Zeit, im Auf und Ab der Kulturepochen hat das geistig-religiöse Israel immer neue Zweige und Blüten getrieben, ohne die innere Kontinuität preiszugeben, die die älteste Tradition mit den jüngsten Ausformungen seiner Frömmigkeit verbindet. Das geschah oft genug selbst empfindlichsten Bedrohungen zum Trotz. Nicht die Angepassten haben das Überkommene weitergegeben, sondern jene, die den „heiligen Rest" verkörperten und an den Fundamenten festhielten.

Der ostjüdische Chassidismus ist vor dem religionshistorischen Horizont als ein relativ spätes Phänomen anzusehen. Die Bezeichnung als solche reicht jedoch bis in die biblische Überlieferung zurück und weist eine von Wandlungen durchsetzte Geschichte auf. Denn „Chassid" – wurzelverwandt mit „Chessed", für Liebe und Gnade Gottes – ist nach hebräischem Verständnis der Inbegriff eines frommen Menschen, der sein ganzes Leben der göttlichen Offenbarung und Weisung gemäß einrichtet, und zwar letztlich unabhängig von intellektueller sowie von Schriftgelehrsamkeit, oft noch gesteigert durch eine asketische Lebenshaltung. Sie konnte sich durch Abwendung von den Dingen dieser Welt ausdrücken, durch Herstellung eines vollkommenen seelischen Gleichmuts, durch Gelassenheit, und durch eine gesteigerte Selbstlosigkeit im Dasein und Dienst für Andere.

Zu geschehen hatte das auf der Basis einer uneingeschränkten Gottesliebe. Und wenn bald die eine, bald die andere dieser Tugenden hervorgehoben sein mag, so steht doch fest, dass die „Chassidut" als Ausdruck eines Frommseins von zeitloser Natur ist. Sie hat ihn in Gestalt des im polnisch-galizisch-ukrainischen Raum des 18. Jahrhunderts verbreiteten Chassidismus eine besondere Prägung erlangt. Doch stellt er nur *einen* Ast oder *einen* Zweig am Baum hebräisch-jüdischer Religiosität und Lebensart dar. Man denke beispielsweise an den im Mittelalter ausgebildeten, durch die Pflege des Talmudstudiums ausgezeichneten deutschen Chassidismus (Chasside Aschkenas) mit seinen Zentren in Speyer, Worms und Mainz.[11]

Dieser deutsche Chassidismus, der mit dem hier zu besprechenden polnischen Chassidismmus nicht zu verwechseln ist,

befürwortete ein neues religiöses Ideal geistigen Gleichmuts. Der Chassid oder wahre Fromme war fähig, alles Leid und alle Versuchungen der Welt gleichmütig zu ertragen. Er wandte sich sowohl vom körperlichen Schmerz wie von den Freuden der materiellen Welt ab und widmete sich ausschließlich der Betrachtung Gottes [...] An die Stelle der Mystik rabbinischer Eingeweihter trat bei den deutschen Chassidim ein neues Verständnis des meditativen Gebets [...] Deutsche Chassidim verstanden das Gebet als Mittel, die Seele mit der Allgegenwart des Göttlichen zu vereinen.[12]

Darüber sei schließlich nicht vergessen, dass auch die Frömmigkeit des Christentums dem Wurzelgrund des Judentums entwachsen ist, so sehr es sich schon in seiner Frühzeit, bald nach den Aposteltagen seiner Abkunft entfremdete.

Nach Einschätzung des aus Weißrussland stammenden jüdischen Historikers Simon Dubnow (1860 – 1941) stellt der ostjüdische Chassidismus als Ganzes betrachtet „eine der bedeutsamsten und originellsten Erscheinungen nicht allein in der Geschichte des Judentums, sondern auch in der Entwicklungsgeschichte der Religionen überhaupt" dar.[13]

Er trat auf den Plan, als die Judenheit in West- und in Mitteleuropa im Begriffe war, sich aus dem Ghettobereich zu lösen, sich zu emanzipieren und dem kulturell-gesellschaftlichen Leben der jeweiligen Völker anzugleichen. Man denke nur an die Zeit der Aufklärung, an die Zeit Lessings und an den ihm nahestehenden Repräsentanten jüdischer Aufklärung, nämlich Moses Mendelsohn.

Doch von Emanzipation, von Anpassung und Aufklärung konnte an der Wende vom 17. zum 18. Jahrhundert für das Gros der dort ansässig gewordenen, großenteils aus West- und Mitteleuropa stammenden Juden schwerlich die Rede sein. Einen zusätzlichen Unsicherheitsfaktor stellten die in den Jahren 1772, 1793 und 1795 erfolgten Teilungen Polens dar. Zum einen war die vornehmlich auf dem Land und im sprichwörtlich gewordenen „Schtetl" wohnende jüdische Bevölkerung bestrebt, nach herkömmlichem Brauch ihre „Jüdischkeit" zu leben und jiddisch zu sprechen. Sie besaßen beispielsweise ihren „Kahal", das heißt ihr eigenes „Verwaltungsorgan, das die politische und religiöse Macht in sich vereinigte."[14]

Im wirtschaftlichen Leben Polens erfüllten die Juden eine Mittlerfunktion zwischen Stadt und Land. Zeiten einer christlich-jüdischen Symbiose waren andererseits immer wieder durchsetzt von wirtschaftlichen Benachteiligungen und Verfolgungen. Wie vielerorts üblich, vergifteten Vorwürfe angeblicher Hostienschändung, Brunnenverseuchung und dergleichen das gesellschaftliche Klima. Verheerend hatte sich bereits der Kosakenaufstand von 1648 unter Hetman, dem Kosakenhäuptling, Bogdan Chmielnicki (gest. 1657) ausgewirkt. Er stellte der Musterbeispiel eines Pogroms dar. Leidtragende waren in erster Linie die Juden. Gegen 200 jüdische Gemeinden wurden vernichtet. Beeinträchtigt war mit der wirtschaftlichen Grundlage Ungezählter deren religiöses und kulturelles Leben. Die Zahl der jüdischen Opfer allein in der Ukraine wird auf über 100.000 Personen geschätzt.[15] Zu erinnern ist ferner an die sogenannten Haidamakenaufstände.[16] All diese Ereignisse lösten bei den schuldlos Heimgesuchten, deren Wohngebiete wiederholt zum Kriegsschauplatz geworden war, Mal um Mal einen gewaltigen Schock aus.

Zu alledem trat um die Mitte des 17. Jahrhunderts ein Pseudo-Messias auf den Plan. Der aus dem türkischen Smyrna stammende Sabbatai Zwi (1626 – 1676) vermochte in weiten Kreisen eine bei Juden wie Christen bestehende Endzeiterwartung aufs neue zu erwecken. Zwischen glühender religiöser Hoffnung und jäher Enttäuschung, die bei vielen zum Verlust einer naiven Glaubenssicherheit führte, schwankte die von dem selbsternannten Messias verursachte Unruhe. Denn es handelte sich nicht etwa um einen kurzfristigen Spuk, der durch Sabbatais spektakuläre Konversion zum Islam beendet gewesen wäre. Dank der Initiative seines „Propheten" Nathan von Gaza verbreitete sich die Sabbatäer-Bewegung über Osteuropa hinaus aus.[17]

Ein übriges bewirkte ein gewisser Jakob Frank (1791 in Offenbach am Main verstorben), der auf seine Art den Anbruch der angekündigten, angeblich aufgeschobenen Erlösung herbeiführen wollte, nämlich durch eine volkstümliche Form der jüdischen Häresie. Darunter ist ein radikaler Nihilismus zu verstehen, verbunden mit einer Heiligsprechung alles Sündigen, der Aufhebung der Tora und der Propagierung aller daraus resultierender Exzesse der Unmoral.[18]

Gewiss können auf der anderen Seite die Vertreter der jüdischen Orthodoxie das Verdienst für sich verbuchen, die biblische und nachbiblische Glaubenslehre überlieferungsgetreu gehütet und weitergegeben zu haben. Angesichts des leidvollen Erlebens, der entstandenen Unsicherheit und des großen Hungers nach religiöser Urerfahrung musste diese Orthodoxie der Synagoge jedoch versagen. Sie war nicht in der Lage, die seelischen Nöte und Bedrängnisse zu lindern. Zu groß war andererseits die Kluft geworden, die die Gelehrten von Tora und Talmud von den leiblich und geistlich Verarmten aus den Unterschichten der Judenheit trennte. Da bedurfte es dringend eines belebenden Impulses, der die Schranken einer erstarrten Gesetzesfrömmigkeit durchbrach und eine neue Glaubensgewissheit und Spontaneität zu erwecken vermochte.

Vor dem Hintergrund innerer und äußerer Not entstand die Volksbewegung des Chassidismus. Die Zeit war dazu reif. In Podolien und Wolhynien, den einstigen Zentren des messianischen Sabbatianismus breitete sich die neue Botschaft zuerst aus. Podolien lässt sich als die Region der östlichen Karpaten und der südwestlichen Ukraine beschreiben. Bis zur zweiten polnischen Teilung im Jahre 1793 gehörte das Gebiet zu Polen, darnach zum zaristischen Russland.

Die als neu empfundene Lehre war vom Ansatz her etwas anderes und mehr als eine erlernbare Doktrin oder eine im theologischen Wissen sich erschöpfenden Schulweisheit. Nicht sie, sondern die Bewegung jener Frommen sprach den Menschen vor allem in seinen Gefühls- und Willensbedürfnissen an. Der Chassidismus wurde erlebt als ein Ereignis, durch das die lange vermisste Unmittelbarkeit der Gottesgegenwart eine von neuem erlebbare Wirklichkeit wurde. Man meinte etwas von jenem ersehnten „Funken" eines spirituellen Aufbruchs zu verspüren. Der Stifter der chassidischen Bewegung und dessen erste Anhänger hatten – insbesondere durch ihre Existenz, ihre Lebensweise und Glaubensgewissheit – eine Antwort zu geben, die gerade der notvollen Situation der sozial Deklassierten, der wirtschaftlich Ausgebeuteten und der religiös Enttäuschten entsprach.

Und diese Enttäuschung muss ungeheuer niederschmetternd gewesen sein, bedenkt man, dass es Sabbatai Zwi und seinem Apostel Nathan von Gaza gelungen war, das beinahe erloschen geglaubte Feuer messianischer Zuversicht für länger als ein Jahrhundert in vielen Juden von neuem auflodern zu lassen, was sich jedoch als ein gefährlicher Trugschluss erweisen sollte. Verwirrung vermochte jener Nathan von Gaza dadurch bei gläubigen Juden zu erwecken, als wäre Sabbatai Zwis Abfall vom Glauben der Väter geradezu als ein Erlösung einleitendes Mysteriengeschehen anzusehen. Entsprechend groß war daraufhin andererseits die Bereitschaft, nach der pseudomessianischen Katastrophe aufs neue Hoffnung zu fassen, nämlich in Gestalt der „Chassidut".

Erwartet, herbeigesehnt wurde nichts Geringeres als „Tikkun", das heißt Erlösung im Sinne einer Wiederherstellung der ursprünglichen Unversehrtheit und Ganzheit von Mensch und Welt. Es ging also um viel mehr als nur um ein auf das Seelenheil der einzelnen Frommen bezogenes Erlöstwerden, wie es etwa zeitgleich im protestantischen Pietismus angestrebt wurde.[19]

Für die chassidische Erneuerung hatte zuvor die jüdische Mystik, wie sie von Rabbi Isaak Lurja im 16. Jahrhundert im obergaliläischen Safed in besonderer Weise ausgeformt worden war, vorbereitend gewirkt, indem sie weiterführende spirituelle Lehrinhalte bereitstellte. (Auch von Isaak Lurja ist noch gesondert zu sprechen.) Es unterliegt keinem Zweifel, dass nach der Vielheit der Vorgänge die jüdische Rechtgläubigkeit als Gesamtheit auf eine harte Probe gestellt war. Gershom Scholem hatte daher den Sabbatianismus den „ersten ernsthaften Aufstand im Innern des jüdischen Bewusstseins seit dem Mittelalter (genannt), sind doch die mystischen Gedankengänge in ihm die erste Ursache für den inneren Zerfall des orthodoxen Judentums".[20]

Hinzu kam noch die ungeheure emotionale Sprengkraft, die die Vertreter der sabbatianischen Bewegung in die jüdischen Gemeinden und in die Kreise ihrer Frommen hineingetragen hatten. Sollte Tikkun, die mystische Wirklichkeit und Lehre von der Erlösung des Menschen samt aller Dinge, als Hoffnung und als religiöses Ziel bewahrt werden, dann musste die aktuelle Häresie durch eine wirksame, bis zu einem gewissen Grade sogar geistesverwandte Gegenbewegung überwunden werden. Und in der Tat:

Im Schatten dieser Krise, die in den antinomistischen Lehren der sabbatianischen Messianisten ihren schärfsten Ausdruck fand, steht nicht nur die Entstehung des Chassidismus als einer Volksbewegung, sondern auch die spezifische Form, in der seine Begründer die Lehre ihrer kabbalistischen Vorgänger abwandelten. Dabei stand die Neutralisierung des akut messianischen Elementes, das seine gefährliche Dialektik auf katastrophale Weise bewiesen hatte, durchaus im Zentrum. Die messianische Ladung in der Lehre vom Tikkun ungefährlich zu machen war die Aufgabe.[21]

Diese „Neutralisierung" konnte nur eine Mystik leisten, deren Inauguratoren es gelang, das persönlich Erlebte und die selber errungene mystische Erfahrung ins Herz des schlichten

Volkes einzupflanzen. Es galt, von neuem eine religiöse Zuversicht zu stiften. Es galt, die Wirklichkeit der zu erlösenden, der erlösungsfähigen Welt jedem einzelnen erlebbar zu machen. Vor allem durfte diese Mystik nicht auf eine kleine Elite von Gelehrten oder von kabbalistischen Esoterikern beschränkt bleiben. Eben diese Esoterik, das heißt die Innendimension der Tora und ihrer Weisung, musste allgemein praktikabel gemacht werden.

Gefordert war somit eine *aktive*, alle Lebensvollzüge durchdringende volkstümlich ausgestaltete Mystik. Die Mitte des Alltags mit seinen Freuden und Leiden, selbst mit den Schwächen und Dunkelheiten der Menschen musste als Ort der Gottesbegegnung kenntlich gemacht werden. Die Menschen sollten in der Lage sein, nach Art der mittelalterlichen Kabbala am Werdeprozess der Erlösung mitvollziehend teilzunehmen, nämlich durch Hingabe und Anhaften (Debekut) und mit der Kraft einer brennenden Gottesliebe (Hitlahawut)! Und schließlich musste es sich um eine Erlösung handeln, die nicht von einer Erlösergestalt oder einem „Messias" abhängig war, ja die nicht einmal von dem Tun eines besonderen priesterlichen Amtsträgers.

Vielmehr musste – im Idealfall – jeder und jede über die erforderliche Weihegewalt und Erlösungspotenz verfügen. Bedürftig waren die Frommen freilich des Rates und Beistands bei ihrem Tun, nämlich durch den „Zaddik", den mit einem besonderen Charisma ausgestatteten „Gerechten."

Mit anderen Worten: Der ostjüdische Chassidismus des 18. Jahrhunderts stellte „den Versuch dar, diejenigen Gehalte der Kabbala, die populärer Wirkung fähig sind, lebendig zu erhalten, ohne doch jenes Element des Messianismus, dem sie ihre populäre Wirkung während der vorangegangenen Periode am nachhaltigsten verdankt, mit zu übernehmen."[22]

Wurden denn, so ist zu fragen, die in ihn gesetzten Erwartungen erfüllt? Konnten sie überhaupt erfüllt werden? – Überblickt man den Entwicklungsgang der jüdischen Mystik in ihrer Vielgestalt, dann zeigt ein Vergleich mit anderen Epochen,

daß hier auf geographisch beschränktem Raum und während einer überraschend kurzen Zeit eine ebenso überraschend große Zahl wahrer Heiliger von Aufsehen erregender Individualität innerhalb des Ghettos erschienen sind. Die unglaubliche Intensität, mit der sich schöpferisch-religiöse Kraft im Chassidismus zwischen 1750 und 1800 manifestierte, hat einen Reichtum an einzigartigen religiösen Typen hervorgebracht, der, soweit wir urteilen können, selbst den der klassischen Periode von Safed weit übertrifft.[23]

Scholem geht so weit, in diesem Zusammenhang von einem „Aufstand der religiösen Produktivität" zu sprechen, der geeignet war, die sich mehrende Anhängerschaft zu entflammen. Als ihr Initiator hat der als Baal-Schem-Tow gerühmte Israel ben Elieser zu gelten.

Baal Schem Tow –
Der Meister des guten Namens

*In einer Zeit, die gelernt haben wird, den Beitrag des
Judentums zum menschlichen Werk wahrzunehmen, wird
man den Baal-Schem vermutlich als den Begründer einer
realistischen und aktivistischen Mystik verherrlichen, das
heißt einer Mystik, für die die Welt nicht ein Scheingebilde
ist, von dem der Mensch sich abkehren müsse, um zum
wahren Sein zu gelangen, sondern die Wirklichkeit zwischen
Gott und ihm, an der sich die Gegenseitigkeit bekundet,
der Gegenstand der schöpferischen Botschaft an ihn, der
Gegenstand seines antwortenden Dienstes, bestimmt, durch
die Begegnung göttlicher und menschlicher Tat erlöst zu
werden; einer Mystik also ohne Vermischung der Prinzipien
und ohne Schwächung der gelebten All-Vielheit um einer zu
erlebenden All-Einheit willen.[24]*

Dieses charakterisierende Wort Martin Bubers über die Bedeutung des Inaugurators der chassidischen Bewegung gibt noch
einmal die Richtung an, in die die Frömmigkeit der Chassidim
weist. Wer also ist der Baal-Schem-Tow, den man nach dem im
Hebräischen üblichen Brauch durch Zusammenfügung (Akro-
nym) der drei Anfangsbuchstaben den „Bescht" nennt?

Chajim Bloch, der unter anderem eine Einführung in Lehre
und Leben der Chassidim verfasst hat und der von sich sagen
konnte, dass er den Chassidismus „sozusagen mit der Mutter-
milch eingesogen" habe, schreibt vom Bescht:

Er ragt wie ein Riese empor unter jenen Männern, denen es
beschieden war, auf das Denken und Wollen der Ostjuden,
ihr religiöses Empfinden und ihre Kultur bestimmend zu
wirken [...] Er gehört zu jenen bevorzugten Menschen,
in deren Wesen sich die Eigenschaften und das Schicksal
einer Generation gleichsam verkörpern [...] Der Baalschem
wurde ein Tröster seines Volkes, und seine Worte konnten
ungehemmt bis zu dem tiefsten Grund der Seelen seiner
Brüder gelangen.[25]

Ist der Baal-Schem etwa nicht mehr als nur der Begründer
einer weit ausgreifenden religiösen Bewegung im Judentum?
Zurecht wird er den „Großen der Weltgeschichte" zugezählt.
Und doch: Der heutige Betrachter sieht sich hier einer Persönlichkeit gegenüber, die in mancher Hinsicht der Legende näher
zu stehen scheint als der Historie. Die konkreten Einzelheiten
seiner Biographie sind sehr bald unkenntlich geworden. Simon
Dubnow, der sich als einer der maßgeblichen Historiker des
Judentums einen Namen gemacht hat, erwog sogar, bisweilen
scheine es so, „als hätte dieser Mann nie gelebt und gewirkt, als
sei seine ganze Lebensgeschichte nur erfunden worden, um mit
seinem Namen eine die gesamte jüdische Welt aufwühlende
religiöse Bewegung zu decken."[26]

Dubnow selbst und nach ihm viele andere konnten überzeugend nachweisen, dass eine solche Annahme durch zeitgenössische Urkunden, nicht am wenigsten durch Beschts Nachfahren und Schüler eindrücklich widerlegt ist. Mag die Person
des Gründervaters noch so sehr vom Schleier der Legende ver-
hüllt und ins Übermenschliche erhöht erscheinen, so ist doch
nicht zu leugnen, dass sich mit seinem eigentlichen Namen, das
heißt mit dem des Juden Israel ben Elieser die Persönlichkeit

eines Mannes verbindet, deren geschichtliche Existenz außer Frage steht, ganz abgesehen von der Wirkung, die von ihm ausging. Außer seinen Schülern verbürgen sich nicht zuletzt auch seine Gegner für seine Historizität.

Die Grenzen, die dem Historiker und Biographen normalerweise gezogen sind, gilt es freilich zu überschreiten, wenn ein Zugang zu jener „sinnbildlichen und sakramentalen Existenz"[27], gefunden werden soll, die gemäß Bubers Deutung sich dem Baal-Schem und seinen Chassidim erschlossen habe. Zwar ist die mythisch-bildhafte Rede mit historisch verifizierbaren und dokumentarisch gesicherter äußerer Geschichte nicht zu verwechseln. Aber sie unterliegt eher den Gesetzen einer spirituellen Interpretation, die der Symbolhaltigkeit des Berichteten nachspürt und verborgene Dimensionen der Wirklichkeit ins Bewusstsein zu heben vermag. Denn selbst vieldeutige, ans Unglaubliche heranreichende Erzählungen der Chassidim besitzen eine seine Gestalt beschwörende und Analogien aufweisende Aussagekraft. Durch die mythische Rede versucht man etwas von dem mitzuteilen, was sich durch eine nüchterne Tatsachenbeschreibung nicht hinreichend erfassen lässt.

Als Historiker unterscheidet Simon Dubnow „die absolute Wahrheit der Empirie einerseits und die imaginäre oder relative Wahrheit der bloß für die Gläubigen maßgebenden Sage andererseits."[28] Dabei ist von der Kabbala her bekannt, wie hoch aus der hebräischen Tradition heraus Wörter und Buchstabenkombinationen, Namen und Zahlen einzuschätzen sind. Im übrigen trifft wohl zu, was Martin Buber über das Einst und Jetzt hinausweisende Wort zu bedenken gibt, wenn er in der Einführung zu seinen chassidischen Erzählungen anmerkt: „Das erzählende Wort ist mehr als Rede, es führt das, was geschehen ist, faktisch in die kommenden Geschlechter hinüber, ja das Erzählen ist selber Geschehen, es hat die Weihe einer heiligen Handlung."[29]

Hinzuzunehmen ist ein Hinweis von Erwin K.J. Hilburg, wonach die chassidische Bewegung noch wesentlich umfassender und vielfältiger ist als die chassisischen Geschichten. Im Grunde wird die Arbeit des Historikers durch die des Geschichtenerzählers in unverzichtbarer Weise ergänzt, geht es eben darum, die spirituelle Dimension der Wirklichkeit Mal um Mal zu vergegenwärtigen. Denn nicht allein das chronologisch (mutmaßlich) zuverlässig Datierbare gehört zur Substanz der chassidischen Botschaft. Geisterfüllte oder vom Geist angerührte enthusiastische Menschen sind es, deren Zeugnis die hier gemeinte chassidische Botschaft ausmacht.

Wer daher nur nach einem „Leben des Baal-Schem-Tow" interessiert sein sollte, so wie man auf anderer Ebene einst nach einem „Leben Jesu" geforscht hat, der verfehlt letztlich das Wesentliche, nämlich die den Zeugnissen einwohnende Spiritualität jener Chassidim. Von ihr, von der „Wirklichkeit der Erfahrung begeisterter Seelen" schreibt Buber: Sie ist

eine in aller Unschuld entstandene Wirklichkeit, ohne Raum für Erfindung und Willkür. Die Seelen berichteten aber eben nicht von sich, sondern von dem, was auf sie gewirkt hat. Was wir ihrem Bericht zu entnehmen vermögen, ist somit nicht eine Tatsache der Psychologie allein, sondern eine des Lebens.[30]

Das Bild, das die Jahrzehnte nach Israel ben Eliesers, des Beschts Tod aufgeschriebenen und später auch publizierten Berichte der Schüler zeigen, ist das einen Mannes, der in bescheidensten Verhältnissen aufwuchs und der als Jude die Leiden wie die

Gesetzestreue seiner Glaubens- und Schicksalsgenossen geteilt hat, bevor er seines eigentlichen Lebensberufs, seiner Sendung inne wurde und ehe er aus seiner Verborgenheit heraustrat. Doch seien hier zunächst einige Daten seines äußeren Lebens angeführt.

Lebensdaten

Israel ben Elieser mit dem würdigenden Beinamen Baal-Schem-Tow (Bescht) wird um das Jahr 1700 in Okop (Okopy) bei Kamenez-Podolsk geboren. Das Kind gesetzestreuer jüdischer Eltern wird frühzeitig Waise, weshalb es auf Gemeindekosten erzogen wird. Mit etwa zwölf oder dreizehn Jahren – wohl nach der das Leben eines Juden bestimmenden Bar-Mizwa-Feier – dient der Junge als Gehilfe bei einem Kleinkinderlehrer, später als Synagogendiener. Insgeheim eignet er sich talmudische und kabbalistische Kenntnisse an, ohne jedoch das Rabbinat und damit einen besonderen Grad der Schriftgelehrsamkeit zu erreichen, wie sie etwa durch die jüdischen Talmud-Hochschulen der Zeit vermittelt wird. Israel ben Elieser heiratet, aber seine Frau stirbt bald nach der Hochzeit.

Der junge Witwer verlässt Okop. Er reist durch die Ukraine als Lehrergehilfe, und ist dann selbst Lehrer in der Ortschaft Tlust. Er wird eine zweites Mal verheiratet, diesmal mit einer Tochter des Rabbi Abraham Gershom von Brody. Durch seinen Schwager verstoßen, der den angeblich Ungebildeten verachtet, sieht sich Israel zu verschiedenen Berufstätigkeiten veranlasst. Er arbeitet in einer Lehmgrube in einem Dorf zwischen Kuty und Kossow. Später ist er Schächter, dem es obliegt, rituell exakt koschere Schlachtungen vorzunehmen. Auch pachtet er eine Schankwirtschaft. Die Arbeit überlässt er seiner Frau, während er als Einsiedler in einem Wald lebt. Nur am Sabbat kehrt er in seine Familie zurück. Ein Sohn, Zwi, und eine Tochteer, namens Adel, werden ihm geboren.

Im Umgang mit der Natur eignet er sich allerlei volkstümliches Heilwissen an. Er behandelt Menschen, die sich rat- und hilfesuchend an ihn wenden. Etwa 30 Jahre ist er alt, als er nach Tlust zurückkehrt. Jetzt nennt er sich Baal-Schem, Meister der wunderwirkenden Gottesnamen. Es muss ihm etwas widerfahren sein, was ihn fortan zu besonderem Wirken ermächtigt. Die Leute zeichnen ihn daher als Baal-Schem-Tow, als einen Meister des guten Namens aus.

Die verschiedenen Gottesnamen (Schem) sind es, über deren Mysterien und Mächtigkeit die jüdische Mystik zu sagen weiß. Was seine Heilertätigkeit anlangt, so beschränkt sie sich offensichtlich nicht allein auf allerlei Kräuterkuren oder auf das Anfertigen von magisch wirkenden Amuletten. Er wendet sich, religiösen Zuspruch ausübend, den Am ha-Arez, das heißt den Armen aus seinem Volk zu. Sie sind es, die in ihm den wahrhaften Helfer, den Tröster und Berater erblicken, der dank seiner besonderen Gottesbeziehung ihre leibliche und geistliche Not zu wenden vermag. Sein Einfluss auf breite Volksschichten nimmt zu. Schüler sammeln sich um ihn, um seine Lehre, mehr noch seine Lebensführung kennen zu lernen.

Entscheidend ist ihnen die Gottinnigkeit seines Betens, nicht weniger die Weise seines Wirkens. In der dem Vernehmen nach prosperierenden Ortschaft Miedzyborz lässt er sich im Jahre 1740 nieder. Er gilt als ein angesehener Kenner mystisch-magischer Praktiken „und er übernahm dort eine in die Gemeindestruktur eingebundene Funktion eines angesehenen Kabbalisten und Baal Schem.

Aus diesem und aus weiteren Zeugnissen kann man schließen, dass der Bescht, der diese Position bis zu seinem Tode innehatte, offenbar kein Aufrührer gegen die traditionelle Gemeindestruktur war, von deren Unterstützung er ja lebte, sondern ein auch von den Christen angesehener Baal Schem war, der zugleich einem von der jüdischen Gemeinde unterstützten Kabbalistenzirkel vorstand."[31] Hier ist er im Jahre 1760 gestorben.

Leben und Lehre

Die schlichten Daten des äußeren Lebenswegs des Israel ben Elieser geben kaum einen Anhaltspunkt für die Außerordentlichkeit und Größe seiner spirituellen Existenz. Was den durchschnittlichen Ostjuden zu einem Baal-Schem-Tow macht, ist nicht sein menschliches Aufteten. Ihm wohnt ein Charisma inne, mit dem er seine Mit- und Nachwelt beeindruckt. Und sie zu bezeugen, bedarf es einer imaginativen, einer mythischen Redeweise, die sich ins Gewand der Legende kleidet. Man sagt von dem Bescht:

Seine Seele gehörte zu denen, die in der Urzeit von der Frucht gegessen haben, die am Baum der Erkenntnis gewachsen ist, von dem der Genesis-Bericht (Kap. 2) erzählt. Seine Seele sei diejenige des Henoch gewesen, die gen Himmel fuhr. Sein Wesen habe dem Davids, des beispiellosen Königs der Juden, entsprochen. Sein Odem war der des weisen Königs Salomo, der das unscheinbare Volk der Fülle des Lebens und der Weisheit entgegengeführt habe.[32]

Damit sind die großen Namen der hebräischen Bibel genannt. Beschts Ansehen ist somit ein außerordentliches und kaum einer Steigerung fähig. Seine Sendung umschreiben die Worte: „Ich bin gekommen, den Menschen einen neuen Weg, wie sie zu sich gelangen können, zu weisen; drei Dinge sind hierzu vor allem nötig: Liebe zu Gott, Liebe zu Israel und Liebe zur Tora, aber keinerlei Kasteiung und Selbstpeinigung."[33]

Bei solchen Worten meint man die Stimme des zweiten Jesaja zu vernehmen, der den Seinen nach Zusammenbruch und Exil Worte der Ermutigung zuspricht: „Tröstet, tröstet mein Volk, spricht euer Gott; redet mit Jerusalem freundlich, und predigt ihr, dass ihre Dienstbarkeit ein Ende hat [...]." (Jes 40, 1 f.)

In der Tat ist den durch Verwirrung und Verfolgung gestraften Ostjuden nicht auch noch eine zusätzliche Selbstpeinigung zuzumuten. Die Zeit ihrer Buße muss jetzt endgültig vorüber sein. Daher ist es nun an der Zeit, sie zu ermutigen, damit sie nicht länger mit Furcht, sondern mit Zuversicht auf Gott blicken und ihm mit Freuden dienen.

Daraus geht klar hervor, dass der Begründer der chassidischen Gemeinde sich nicht als Asket versteht und dass er die Seinen nicht züchtigen will. Im Gegenteil, er bejaht ein Leben in der Fülle. Er bejaht die gute Schöpfung Gottes als ein Freund der Menschen und aller Geschöpfe.

Die Legende weiß zu berichteten, dass der Bescht die Sprache der Vögel verstanden habe, das Wesen der Tiere und das Rauschen der Bäume habe er deuten können. Ausgeprägt ist seine Gastfreundschaft, so schlicht und so begrenzt seine materiellen Möglichkeiten sind. Bis zur elften Stunde am Tag darf man ihn aufsuchen. Die Nacht ist die Zeit seiner Torastudien, die Lektüre des Talmud und des hoch geschätzten kabbalistischen Buches Sefer ha-Sohar. Von ihm sagt man auch, nie gehe er zu Bett, ohne das letzte im Haus verfügbare Geld an Bedürftige gegeben zu haben.

Vor dem Mincha, dem Mittagsgebet, das jeder Jude verrichten soll, versammelt er seine Schüler um sich, um sich mit ihnen zu bereden. Und wenn er betet, so heißt es, bebt die Erde. Der besondere Charakter seines Betens[34] besteht darin, dass er die Gebete jener zu den oberen Welten emporhebt, denen es an der nötigen Sammlung und Inbrunst der geistlichen Sammlung mangelt. Ein Übriges mögen die von ihm mit geheimen Gottesnamen versehenen Amulette bewirken. Jeden Sabbat predigt er vor Schülern und vor fremden Zuhörern, die sich von der Faszinationskraft des Bescht angezogen fühlen.

Aber was hat er zu sagen? – „Alles, die himmlische und irdische Welt ist ein Ganzes." Da gibt es – analog zur Hermetik – keine willkürliche Trennung in ein Diesseits und in ein Jenseits. Vermeintlich Jenseitiges ist im Diesseitigen abgebildet; es ist im Diesseitigen anwesend. Die Welt ist *eine*. Die obere Welt ist an die untere Welt des Irdischen und Alltäglichen gebunden. In der von Buber zusammengestellten und geformten Sammlung „Des Baal-Schem-Tow Unterweisung im Umgang mit Gott" findet sich der ihm zugeschriebene Spruch:

Der Mensch sinne nicht auf Lösung zugleich für Oben und Unten, dass er nicht sei, wie der die ewige Pflanzung und Trennung schafft, sondern alles tue er um des Mangels der Herrlichkeit willen, und aus sich selber wird alles gelöst werden, und auch sein eigenes Leid wird gestillt werden aus der Stillung der oberen Wurzel, denn alles, Oben und Unten, ist eine Einheit.[35]

Sätze wie diese erinnern in der Tat an die alte hermetische Weisheit der Tabula Smaragdina, wonach alles Untere gleich dem Oberen und alles Obere gleich dem Unteren ist. Es bestehen vielfältige Wechselbezüge. Die dritte Bitte des Vaterunser („Dein Wille geschehe wie im Himmel so auf Erden") lenkt den Blick des Beters nach oben, um sein Tun und alles irdische Geschehen darnach auszurichten.

Wesentlich ist nun, dass sich die Frömmigkeit des Baal-Schem aktiv mitwirkend in den Ereigniszusammenhang von Gott und Welt hineinstellt. Nicht allein das Rechte meinen oder glauben genügt, sondern das Rechte *tun* ist unverzichtbar. Zu geschehen hat es in der lebendigen, ja in der begeisterten Hingabe an Gott. Deshalb heißt es weiter in den von Buber gesammelten und aus Bruchstücken gefügten Sprüchen des Bescht, die von der Ferne und von der Nähe handeln:

Wer in der Inbrunst des Gottanhaftens (Debekut) das Rechte tut oder der Lehre obliegt, der macht seinen Leib zum Thron der Lebensseele und die Lebensseele zum Thron des Gemüts und das Gemüt zum Thron des Geistes und den Geist zum Thron des Lichts der einwohnenden Herrrlichkeit (Schechina), das über seinem Haupt ist. Und das Licht umfließt ihn ringsum, und er sitzt inmitten des Lichtes und zittert und frohlockt. Des zum Zeichen erscheint der Himmel an jedem Ort als eine Halbkugel.[36]

In einer kommentierenden Fußnote weist Buber darauf hin, dass das göttliche Licht „nicht in einem Jenseits, sondern über jedem vollkommenen Jetzt und Hier" aufleuchte, und zwar so wie sich der Himmel über jedes Stück der Erde wölbt. So wird das Firmament zum sinnlich wahrnehmbaren Ausdruck der Anwesenheit einer übersinnlichen Wirklichkeit. Anschauung, Einsicht, Innewerden aber muss je und je im praktischen Lebensvollzug zur Tat werden. Und hier liegt eine Hieroglyphe des chassidischen Mysteriums verborgen, um wieder und wieder gehoben und entschlüsselt zu werden, denn – so heißt es in der Unterweisung weiter:

> *Der Mensch soll alle Dinge der Welt mit all seinem Denken, Reden, Handeln einen, auf Gott zu, in Wahrheit und Einfalt. Denn kein Ding der Welt ist außerhalb der Einheit Gottes gesetzt. Wer aber ein Ding anders als auf Gott zu tut, trennt es von ihm.*[37]

Es unterliegt keinem Zweifel: auch Schöpfung und Erlösung sind aufs engste aneinander geknüpft. Und – anders als im Christentum, das sich auf den einen Erlöser Jesus Christus beruft – ist in chassidischer Sicht die Erlösung in die (Mit-)Verantwortung des Menschen gelegt. Er hat als der zu Erlösende selbst an ihr teil, sofern er in seiner Aktivität aufgrund dieser Teilhabe Gestalt verleiht. „Jeder Mensch bestimmt mit all seinem Sein und Tun das Schicksal der Welt", merkt Buber an. Insofern kann man von einer „messianischen Qualität" sprechen, die etwas von der Tragweite menschlichen Tuns und Lassens in sich birgt. Der allein Tätige „schafft" es jedoch nicht. Denn alle sinnvolle Tat bedarf einer bestimmten Intention (Kawwana), einer Ausrichtung auf den hin, dem sie dienen soll. Menschliches Tun ist nur dann im vollen Sinn des Wortes „Gottesdienst" und ein erlösendes Wirken, wenn diese Ausrichtung im hingebungsvollen Gebet, das Konzentration, Meditation und Anrufung in einem ist, geübt wird. Deshalb lautet die Mahnung des Baal-Schem: „Bete stets für Gottes Herrlichkeit, dass sie aus der Verbannung erlöst werde!"

41

Dahinter steht die Vorstellung, wonach Gott selbst das Schicksal seines in der Diaspora und in der Entfremdung befindlichen, der Erlösung und Heimkehr harrenden Volkes teilt. Es ist die Schechina, die anwesende Gottesherrlichkeit, die in jedem Ding, in jedem Augenblick die Drangsal des Exils erleidet. Aber statt darüber in Schwermut zu versinken, weil Tun und Wollen so oft auseinander klaffen, nährt der Baal-Schem in sich und in den Herzen seiner Anhänger das Feuer einer freudigen Zuversicht. Von daher ist das enthusiastische Beten, das Tanzen und Singen der Chassidim zu verstehen.

Und ähnlich wie im Hohen Lied Salomonis, in den kabbalistischen Traktaten, besonders im Buche Sohar (Sefer ha-Sohar) finden sich auch in den chassidischen Texten Anklänge an erotische Motive, wenn zum Beispiel der Baal-Schem folgendes Gleichnis vom inbrünstigen Gebet des Ergriffenen anwendet:

Das Gebet ist eine Paarung mit der einwohnenden Herrlichkeit. Darum soll der Mensch sich im Anbeginn des Gebets auf- und niederbewegen, dann aber kann er auch unbewegt stehen und wird an der Herrlichkeit haften, in einem großen Haften. Und weil er sich bewegte, kann er zu einem großen Erwachen gelangen, dass er sich besinnen muss: Warum bewege ich mich auf und nieder? Gewiss, weil die Herrlichkeit Gottes mir gegenübersteht. Und darüber wird er in eine große Verzückung gelangen.[38]

Hinzugefügt sind zwei weitere Gleichnisse, die einmal mehr hervorheben, aus welcher Ergriffenheit und Inbrunst heraus das in betender Hingabe sich darstellende mystische Erleben zu vollziehen ist, nämlich nicht anders und mit nicht gerin-

gerer Hingabe als in einem auf geistig-seelisch-leiblicher Seins-
ebene erfüllten Liebesakt:

> *„In meinem Fleische", spricht Hiob, „werde ich Gott
> schauen." Wie in der leiblichen Paarung nur der zeugen
> kann, der ein lebendiges Glied mit Verlangen und Freude
> gebraucht, so in der geistigen Paarung, das ist, dem Sprechen
> der Lehre und des Gebets, wer sie mit lebendigem Glied in
> Freude und Wonne tut, der zeugt.*

> *Wie die Braut zur Hochzeit mit allerlei Gewändern bekleidet
> und geschmückt wird, wenn aber die Vermählung selber
> geschehen soll, werden die Gewänder von ihr genommen,
> damit die Leiber einander nahe kommen können, so heißt es
> auch: „Aus meinem Fleisch heraus werde ich Gott schauen",
> denn das Gebet ist die Braut, die erst mit vielen Gewändern
> geschmückt wird, dann aber, wenn ihr Freund sie umfängt,
> ist alles Gewand von ihr genommen.[39]*

Dass Israel ben Eliesers Geistesart und Rang nicht durch
besondere Schriftgelehrsamkeit schulischer Art begründet ist,
wurde bereits gesagt. Dennoch ist ihm eine intime Kenntnis
biblischer, talmudischer und vor allem kabbalistischer Wortlaute zuzusprechen. Im Besonderen die Mystik des Kabbalisten
Isaak Luria Ashkenasi, „ha-Ari, der Löwe"(1534-1552)[40] ist
es, die den Begründer der chassidischen Gemeinschaft bein-
druckt haben muss. Luria wurde zwar in Jerusalem geboren. Er
war aber der Sohn eines aus Deutschland oder Polen stammenden Vaters; deshalb die Bezeichnung eines Aschkenasen. Doch
seine Mutter stammte aus einer sephardische Familie. In Ägyp-
ten wurde der Ari in die kabbalistischen Schriften eingeführt.

Später zog er mit seiner Familie nach Safed (Zefad) in Obergaliläa.

Für den Bescht ist die Mystik nicht allein ihres Lehrgehalts wegen von Bedeutung, sondern weil sie auf dem Weg vom Erlebnis zur Tat zur Verwirklichung anregt. Dazu gehört im besonderen die Lehre von den göttlichen „Funken", die seit den Tagen des Schöpfungsbeginns dieser Welt innewohnen. Diese Funken müssen gleichsam aus ihren Verschalungen herausgelöst werden, damit sie in die Lichtbereiche der Gotteswelt zurückkehren können. Von solchen heiligen Funken und ihrer Erhabenheit heißt es in der Unterweisung:

Die heiligen Funken, die gefallen sind, als Gott Welten baute und zerstörte, soll der Mensch erheben und aufwärts läutern von Gestein zu Gewächs, von Gewächs zu Getier, von Getier zu redendem Wesen, läutern den heiligen Funken, der von der Schalengewalt umschlossen ist. Das ist der Grundsinn des Dienstes jedermanns in Israel.

Alles was der Mensch zu eigen hat, seine Knechte, seine Tiere, seine Geräte, alles birgt Funken, die der Wurzel seiner Seele zugehören und von ihm zu ihrem Ursprung erhoben werden wollen.[41]

Dieses wie alles in gesammelter Hingabe vollzogene Tun ist Ausdruck der Teilhabe am Prozess der die ursprüngliche Ganzheit wiederherstellenden Erlösung (Tikkun). Demnach kann es nicht verwundern, dass das Bild von den Funken, die in allem angesiedelt sind, auch für die Negativität, die Dunkelseite der Wirklichkeit Gültigkeit besitzt. Es fragt sich freilich, in welcher Weise wir damit umgehen, denn:

In allem, was in der Welt ist, wohnen heilige Funken, kein Ding ist ihrer ledig. Auch in den Handlungen des Menschen, ja sogar in der Sünde, die ein Mensch tut, wohnen Funken der Herrlichkeit Gottes. –

Und was sind das für Funken, die in der Sünde wohnen? Es ist die Umkehr. In der Stunde, wo du ob der Sünde Umkehr tust, hebst du die Funken, die in ihr waren, in die obere Welt.[42]

Demnach geht der Baal-Schem so weit zu sagen, dass das Böse „der Thronsitz des Guten" und „das Exil der Herrlichkeit Gottes" sei. Aber er ist weit davon entfernt, die Gottesgebote der Tora (Zehn Gebote) außer Kraft zu setzen oder ähnlich den Sabbatianern oder Frankisten einem erklärten Antinomismus zu frönen. Das Sittengesetz der Väter ist für ihn nicht weniger verbindlich als für seine orthodoxen Glaubensgenossen. Doch er hält sich nicht etwa aus dem Grund daran, weil es die Autorität des Gesetzes gebietet oder damit im Sinne rabbinischer Rechtgläubigkeit die traditionelle Form gewahrt bleibe, sondern weil er gleichsam von innen her von dem Geistfeuer der Anrede Gottes entzündet ist und weil er die Möglichkeit, ja den Auftrag sieht, die Gut und Böse umfassende Gottesherrlichkeit zu mehren.

So bruchstückhaft die Lehrmitteilungen des Baal-Schem auch sein mögen, die nicht er selbst, sondern seine unmittelbaren Schüler sowie Anhänger nachfolgender Generationen niedergeschrieben haben, das dynamische, das impulsgebende Element, das seiner Lehre und der Beispielhaftigkeit seines Lebens innewohnte, ist es, das wieder und wieder zum Menschen spricht und seinerseits Funken freisetzt. Auf diese Weise

hat der Bescht zum Werden der chassidischen Bewegung bei-
getragen. So lautet denn auch sein Appell:

> *Der Mensch ergreife die Eigenschaft des Eifers gar sehr. Er*
> *erhebe sich im Eifer von seinem Schlaf, denn er ist geheiligt*
> *und ein andrer worden und ist würdig zu zeugen und ist*
> *worden nach der Eigenschaft Gottes des Heiligen, da er*
> *Welten zeugte.*[43]

Wenn noch davon zu sprechen sein wird, dass Bubers Bezeu-
gungen der chassidischen Botschaft sich mancherlei historische
Kritik gefallen lassen mussten, dann ist dem entgegenzuhalten,
wie es ihm selbst mit den Überlieferungen der Väter ergangen
ist. Denn nicht als Historiker ist er angetreten. Vielmehr war es
dieses Wort von der „Eigenschaft des Eifers", das ihn erweckt
hat.

In seinem Geständnis „Mein Weg zum Chassidismus"
(Frankfurt 1918) erinnert sich der Vierzigjährige, was ihm
in jungen Jahren widerfahren ist, als er das Vermächtnis des
Bescht (Zewaath Ribesch) erstmals zu Gesicht bekam. Und er
gesteht:

> *Da war es, dass ich, im Nu überwältigt, die chassidische*
> *Seele erfuhr. Urjüdisches ging mir auf, im Dunkel*
> *des Exils zu neubewusster Äußerung aufgeblüht: die*
> *Gottesebenbildlichkeit des Menschen als Tat, als Werden,*
> *als Aufgabe gefasst. Und dieses Urjüdische war ein*
> *Urmenschliches, der Gehalt menschlichster Religiosität.*
> *Das Judentum als Religiosität, als ‚Frömmigkeit', als*
> *Chassiduth ging mir da auf [...]: Ich erkannte die Idee des*
> *vollkommenen Menschen. Zugleich wurde ich des Berufs*
> *inne, sie der Welt zu verkünden.*[44]

So begriff Martin Buber diese chassidische Erweckung als eine Berufung. Ihr ist er auf die ihm gemäße Weise gefolgt. Und wen sollte es da nicht wundern, wenn derartige Worte der Unterweisung mit Gott, auch Nachgeborene ansprechen und anzurühren vermögen?

Aus dem Manifest

Als Jsrael ben Elieser etwa sechzigjährig gestorben war, gingen einige Schüler und Künder seiner Botschaft daran, die aus seinem Munde gehörten Worte und das mit ihm Erlebte aufzuzeichnen, um es so der Nachwelt zu übermitteln, galt es doch, die entstehenden chassidischen Gemeinden durch Zeugnisse des Gründervaters geistlich zu erbauen. Er selbst hat keine Lehrschrift hinterlassen. Daher kann ihm auch keine mit seinem Namen verbundene Schrift zugesprochen werden. Aber mancherlei Kundgaben sind entstanden. Es gibt beispielsweise die „Lobpreisungen des Bescht", das Buch „Krone des guten Namens", sowie „Briefe", die sich (angeblich) vom Bescht erhalten haben; dazu auch Berichte anderer Zadikkim, die als chassidische Meister Ansehen erlangten.

Dass die Überlieferung ziemlich lange auf mündliche Tradition angewiesen war, ergibt sich aus der Tatsache, dass das erste chassidische Buch (Toledot Jaakob Josef) aus der Feder von Rabbi Jakob Josef von Polonnoje 1780, also zwanzig Jahre nach Beschts Tod, zustandekam. Entsprechend spät erfolgte die Niederschrift weiterer Texte. Die „Lobpreisungen" mit ihren mehr als 200 meist kurzen Erzählungen und Anekdoten wurden 1814 erstmals veröffentlicht.

Während überliefert ist, dass der Baal-Schem im 36. Lebensjahr seines eigentlichen Auftrags inne geworden sei und seine

Initiation für die Erfüllung seines Auftrags empfangen habe, datiert sein Bericht von einem ekstatischen Seelenaufstieg noch einige Jahre später. Im Brief an seinen anfänglich ablehnenden, dann anhänglichen Schwager Rabbi Abraham Gershom Kutower aus dem Jahr 1752 berichtet Bescht von einem einzigartigen Erlebnis. Die Chassidim hielten diese Aufzeichnung für eine geradezu heilig zu haltende Urkunde, weshalb sie den Bericht das „Manifest des Baal-Schem" nannten und, wie es heißt, tagtäglich lasen. Darin schreibt der Genannte an seinen Schwager, der gerade auf einer Reise nach Palästina begriffen war:

Am Neujahrstage des Jahres 5507 – das ist das Jahr 1746 – stieg meine Seele durch Beschwörungen, wie Du sie kennst, empor, und ich schaute wunderbare Dinge im Gesicht, die ich nie bis dahin gesehen hatte, seit ich ein Mann bin. Und was ich geschaut und gelernt habe, als ich dorthin aufstieg, kann man nicht mit dem Munde ausdrücken und erzählen. – Als ich aber zum unteren Paradies zurückkehrte, sah ich viele Seelen Lebender und Toter, mir bekannte und mir unbekannte, ohne Zahl und Maß hin und her von Welt zu Welt steigen, auf jenem Strahl, der den in der verborgenen Weisheit Erfahrenen bekannt ist, in großer und gewaltiger Freude, von der zu erzählen der Mund ermüden und das Ohr zu hören ermatten würde. [45]

Dass das Element der Freude gerade zum Zeitpunkt der Ekstase eine so große Rolle spielt, verweist auf die Quelle, aus der sich die Mentalität der ersten Chassidim nährt, wenn wir bedenken, vor welchem zeitgeschichtlichen, von Not und vielfältiger Bedrängnis erfüllten Horizont sie ihr Leben fristen mussten. Der Anlass zur Freude ist zweifellos ein zutiefst religiöser. Die Frommen lassen sich von der Gewissheit durchdringen, dass sich die ersehnte Erlösung Mal um Mal spontan einstellen möge. Sie ereignet sich, so sagt man sich, immer dann, wenn die Umkehr und Hinwendung zu Gott von einem Menschen vollzogen wird. Der Baal-Schem berichtet weiter, indem er hochgestimmt vom spirituellen Ertrag seines Tuns Zeugnis ablegt:

Auch viele Frevler kehrten in Buße um, und ihre Sünden wurden ihnen vergeben; denn es war eine große Zeit der Gnade, und auch in meinen Augen schien es sehr wunderbar, dass sounso viele, die auch Du kennst, zur Buße angenommen wurden. Auch unter ihnen war sehr große Freude, und auch sie stiegen nach der oben erwähnten Art empor. Und alle drangen zumal auf mich ein und baten mich: „Für die Höhe und herrliche Stufe deiner Tora hat dich Gott mit Einsicht und Tora begnadet, solche Dinge zu fassen und zu erkennen. Mit uns sollst du aufsteigen, uns Stütze und Beistand sein!" Und der großen Freude wegen, die ich in ihren Augen sah, versprach ich, mit ihnen emporzusteigen.[46]

Wir werden nicht fehl gehen, wenn wir annehmen, dass Beschts Selbstbewußtsein, ein Charismatiker, das heißt ein von Gott begnadeter und bevollmächtigter Geistesträger zu sein, auf derartige mystische Erhebungen zurückzuführen ist. Dabei ist es bemerkenswert, dass er nicht nur Lebenden, sondern auch den Seelen Verstorbener begegnet und von ihnen als einer anerkannt wird, der selbst ihnen „Stütze und Beistand" zu gewähren vermag. Nicht genug damit, auch die Mächte der übersinnlichen Welt, selbst der Satan und der erwartete Messias, treten vor das innere Auge des Ekstatikers, denn es heißt weiter im Manifest:

Und ich schaute den Satan, wie er in Freude ohnegleichen aufstieg, um anzuklagen, und sein Werk vollführte, so dass über viele jüdische Seelen Vernichtungsbeschlüsse verhängt wurden, nach denen sie in furchtbaren Toden sterben sollten. Und Schrecken ergriff mich, und ich gab wirklich meine Seele hin und bat meinen Lehrer und Meister, mit mir zu gehen; denn es ist sehr gefährlich, in die oberen Welten aufzusteigen.

Seit ich denken kann, hatte ich solche hohen Aufstiege nicht gemacht. So stieg ich Stufe um Stufe empor, bis in die Halle des Messias betrat, wo der Messias Tora lernt mit allen Tannaiten[47] und Zaddikim[48] und auch mit den sieben Hirten (Abraham, Isaak, Moses, Aaron, David und Salomo, gemäß Micha 5, 4). Und ich schaute dort eine unendliche Freude, und ich weiß nicht, was sie bedeutete; aber ich meinte, sie sei – Gott behüte – meines Abscheidens aus dieser Welt wegen.

Doch man ließ mich später wissen, dass ich gar nicht abgeschieden war; denn oben herrscht Freude, wenn ich unten durch ihre heilige Tora Einungen vollziehe. Aber das Wesen jener Freude weiß ich bis auf den heutigen Tag nicht, auch ich fragte den Messias: „Wann wird der Herr kommen?"

Und er erwiderte mir: „Daran sollst du es erkennen: Wenn deine Lehre weltbekannt und du der Welt offenbart sein wirst und deine Quellen nach außen verströmen, was ich dich gelehrt und du erfasst hast, und auch sie Einungen und Aufstiege werden vollbringen können wie du, dann wird die böse Macht vernichtet und eine Zeit der Gnade und Hilfe sein!"

Und ich erschrak darüber und war sehr traurig, dass die Zeit so lange währen würde, bis das möglich wäre. Aber unter dem, was ich dort gelernt habe, sind drei besonder Worte, drei heilige Gottesnamen, die leicht zu lernen und zu erklären sind.[49]

Während es dem Empfänger dieser Offenbarung nicht gestattet ist, die geheimen Gottesnamen auszuplaudern, zumal bereits das Tetragramm JHVH (Jahve) von je her mit diesem Tabu belegt ist und in der Rede durch „adonai" (Herr) ersetzt werden muss, erlangt er immerhin ein Wissen, das in spirituelle Praxisanleitung zu übertragen ist. Was dem im Heiligen Land weilenden Briefempfänger gesagt wird, gewinnt für jeden Chassiden aktuelle Gültigkeit, wenn er sich nur an das Wort des Bescht hält und zum Frommen wird. So schärft er ihm ein:

Während Deines Gebetes und Studiums und jeglicher Rede und Wort richte Dein Herz darauf; denn in jedem Buchstaben sind Welten, Seelen und die Gottheit, und sie steigen empor und verbinden und vereinen sich miteinander, und nachher verbinden und vereinen sich die Buchstaben und werden zum Wort und vereinigen sich in wahrer Vereinigung in der Gottheit. Und Deine Seele sei mit ihnen auf jeder dieser Stufen. Dann vereinen sich alle Welten in eins und steigen empor, und grenzenlose Freude und Wonne entsteht, wie auf der unteren Welt die Freude des Bräutigams und der Braut [...] Und Gott ist gewiss Dein Beistand, und wohin Du Dich wendest, mögest Du Glück haben. Gunst dem Weisen; er wachse an Weisheit![50]

Aus dem Vermächtnis –
In Freuden diene der Mensch

Was über die Authentizität der erwähnten Lebenszeugnisse und Überlieferungen zu Leben und Lehre des Baal-Schem gesagt ist, gilt auch für das „Vermächtnis des Bescht". Auch dieses Schriftstück enthält Weisungen, die darauf zielen, von den Frommen in allen Situationen ihres Lebens spirituell fruchtbar gemacht zu werden. Der Textabschnitt beginnt mit der Auslegung einer Psalmstelle:

> *„Ich komme ins Gleiche, der Ewige ist stets vor mir"*
> *(Psalm 16, 8). Ins-Gleiche-Kommen hängt zusammen mit*
> *Gleichmut. Besitze ich diese Eigenschaft, so weiß ich, dass*
> *der Ewige stets vor mir ist. Ein solcher Gleichmut wird durch*
> *Anschmiegung an Gott erworben, denn die Bemühungen um*
> *die Anschmiegung lassen für niedere Gedanken keinen Raum,*
> *und wer stets dem Schöpfer dient, hat zur Überheblichkeit*
> *nicht mehr Muße.*[51]

Aus diesen Worten spricht ein Erfahrener, der am ehesten von jenen verstanden wird, die selbst die Anfangsgründe übersinnlicher Intuition im Sinne einer Geist-Berührung erlebt haben oder zumindest ahnen, dass dieses Berührtwerden durch bewusste wie willentliche „Anschmiegung" intensiviert werden kann. Der Bescht verwendet hierfür ein Gleichnisbild:

> *Ähnlich soll, wer plötzlich eine schöne Frau sieht oder*
> *liebliche Dinge dieser Welt wahrnimmt, sich im Augenblick*
> *fragen: Woher stammt denn solche Schönheit? – Doch nur*
> *von der göttlichen Kraft, die die Welt durchdringt! So ist der*
> *Ursprung der Schönheit göttlich, und warum soll ich mich*

nur durch einen Teil anziehen lassen? Besser ist es für mich,
ich lasse mich vom All anziehen, dem Ursprung und Quell
aller aufgeteilten Schönheit. Und kostet einer etwas Gutes
oder Süßes, soll er bedenken, dass es die göttliche Süße ist,
deren Kraft alles Süße belebt. Solche Schau ist die Schau des
Unendlichen, gelobt sei er [...]

Ebenso, wenn einer etwas Ergötzliches hört, das ihm Freude
bereitet, so bedenke er, es ist ein Teil der Welt der Liebe.[52]

Äußerungen wie diese zeigen, wie die Chassidim aus einer positiven, die Welt in ihrer Schönheit und Lebensfülle heraus Gott dienen möchten. Und erinnern wir uns des häretischen Gnostizismus der ersten nachchristlichen Jahrhunderte, [53] der aufgrund seiner dualistischen Weltanschauung nur zwei einander entgegensetzte Einstellungen gelten ließ: Die einen forderten eine rigorose Askese, andere frönten einem zügellosen Libertinismus, als gälte es so oder so die von einem geistfeindlichen Demiurgen geschaffene materielle Leiblichkeit zu schädigen. Die chassidische Einstellung hebt sich im allgemeinen von solchen Extremen ab. Ihre Vertreter schlugen in der Hauptsache so etwas wie eine dritten Weg ein, sofern ihnen eine irdische Erscheinung als Hinweis auf die oberen Welten diente.

Es ist sicher kein Zufall, wenn als Prüfstein die Begegnung mit „einer schönen Frau" als Beispiel herangezogen wird. Für den Bescht ist sie nicht etwa „Pforte der Hölle", wie manche Kirchenväter in abschreckender Weise lehrten. Ebenso wenig ist die Frau auf ein entpersonifiziertes Lustobjekt degradiert. Gerade ihre Personhaftigkeit – *personare* heißt durchtönen! – ist es, die über die körperliche Erscheinung hinausweist auf die anzustrebende „Einung" mit der göttlichen Schechina.[54]

Dass das erotische wie das harmonisierende Element im späteren Chassidismus nicht immer jene Bedeutung erlangt hat, wie es die Gleichnissprache des Bescht und seiner kabbalistischen Gewährsleute nahelegten, ist ein Kapitel für sich. Bereits Baruch, ein Enkel des Baal-Schem, setzte andere, wiederum zum Asketischen hinweisende Akzente als sein Großvater! Im übrigen ist nicht zu verschweigen, dass auch bei den Chassidim der Mann nicht weniger stark als in der orthodoxen jüdischen Frömmigkeit dominierte; – vom praktizierten Menschenbild, wie es die christliche Theologie lehrte und die kirchliche Praxis jahrhundertelang zur Norm erhob, oder vom Islam, dieser dritten abrahamitischen Religion, ganz zu schweigen. In Beschts „Vermächtnis" heißt es weiter:

Jeder soll Gott, gelobt sei er, mit seiner ganzen Kraft dienen, denn alles steht im Dienste des Höchsten. Und Gott, gelobt sei er, will, dass man ihm auf jede Weise diene. Um ein Beispiel zu geben: Einer geht auf dem Wege und redet mit seinem Mitmenschen, da kann er doch nicht Tora lernen!

Dennoch muss man immer Gott, gelobt sei er, anhangen und ihn zu verteidigen trachten. Geht darum einer auf dem Weg und kann nicht wie gewohnt beten und lernen, so diene er Gott auf andere Weise und betrübe sich selbst, denn Gott, gelobt sei er, will, dass man ihm auf jede Weise diene, einmal auf diese und einmal auf jene Weise [...]

Immer suche man in seinen Gedanken die Einsamkeit mit der göttlichen Einwohnung (Schechina) und sinne nur darauf, sie stets zu lieben, auf dass sie einem anhafte. Man frage sich stets in seinen Gedanken: Wann werde ich würdig sein, dass bei mir das Licht der Einwohnung wohne?[55]

An dieser Stelle ist nochmals nach der Einschätzung des Bösen zu fragen. Was hat mit dem Hang, mit der Triebhaftigkeit zu geschehen, die darauf zielt, den Menschen aus der Gottverbundenheit herauszureißen und damit die ursprünglich intendierte Ganzheit von Mensch und Welt zu zerstören? Ist dem Bösen nicht entschiedenster Widerstand zu leisten, um dem Gottesgebot voll zu entsprechen? Oder gibt es darüber hinaus ein besonderes Mysterium des Bösen, das zu akzeptieren uns so schwer fällt? Eine Antwort Bechts, die gewiss noch in mehrfacher Hinsicht zu ergänzen sein dürfte, lautet:

Manchmal verleitet der böse Trieb den Menschen und spricht zu ihm: Da hast du doch eine große Sünde begangen! Und dabei mag es sich um nichts weniger als um die Nichtbeachtung einer bloßen Gebotserschwerung handeln und um überhaupt keine Sünde. Aber die Absicht des bösen Triebes ist es, den Menschen darüber zu betrüben, um ihn dadurch unfähig zu machen, dem Schöpfer, gelobt sei er, zu dienen.

Bewahre sich einer vor dieser Tücke! Man spreche zum bösen Trieb: Ich gebe nichts auf die Vernachlässigung jener Gebotserschwerung, denn deine Absicht ist es ja nur, mich vom Dienst des Hochgelobten zu entfernen. Du lügst! Und angenommen, ich hätte ein Geringes gesündigt, so hat mein Schöpfer mehr Freude daran, dass ich nicht auf die Erschwerung achte, von der du sprichst, als dass ich mich in Trübsal bei seinem Dienst versetzen lasse. Nein, ich werde ihm in Freude dienen, denn nicht um meinetwillen diene ich ihm, sondern um dem Hochgepriesenen Genugtuung zu bereiten.[56]

Schließlich fasst der Bescht das Gemeinte in einer goldenen Regel zusammen, die die Chassidut als eine Religiosität der Freude in Erscheinung treten lässt – etwa gemäß dem Schriftwort aus Nehemia 8, 10: „Die Freude am Herrn ist eure Stärke!", denn:

Das ist des Dienstes goldene Regel: Hüte dich gar sehr vor der Traurigkeit. Weinen ist ein großes Übel und in Freude diene der Mensch! Nur wenn die Freude die Ursache der Tränen ist, sind sie sehr gut.

Man übertreibe nicht die Selbstprüfungen, denn das ist Sache des bösen Triebes, dem Menschen Furcht einzuflößen. Vielleicht hat er seine Pflicht nicht zur Genüge erfüllt. Trübsal hindert am Dienst des Schöpfers, gelobt sei er. Strauchelt einer durch eine Sünde, mehre er nicht die Traurigkeit, die vom Dienst entfernt. Er traure wegen seiner Sünde, aber dann kehre er zurück zur Freude am Schöpfer, gelobt sei er![57]

Vergleiche

Eine religiöse Führergestalt wie die des Baal-Schem-Tow und der von ihm initiierten Bewegung regt dazu an, Vergleiche zu ziehen mit anderen Erscheinungsformen des Religiösen. Sicher ist der Bescht im besonderen jenen Peronen aus der Geschichte der mystischen Gotteserfahrung an die Seite zu stellen, die in erster Linie durch ihre bloße Präsenz charismatisch gewirkt haben. Der jüdische Geistesgeschichtler Hans-Joachim Schoeps (1909 – 1980) trifft darüber hinaus die Feststellung: „Als Repräsentanten neuerer jüdischer Frömmigkeit und als homo religiosus kann er (der Bescht) neben den Katholiken Blaise

Pascal, den Protestanten Sören Kierkegaard und den russischen Orthodoxen Fedor Dostojewskij gestellt werden."[58] Sollte man nicht auch solche Beispielgestalten nennen, die nicht von den hohen Schulen gekommen sind, sondern die wie der schlichte Görlitzer Handwerksmeister Jakob Böhme (1575 – 1624) gleichwohl geisterfüllt waren und, was den Görlitzer Schuster anlangt, aus seiner Geistesfülle heraus bis heute wirkt? So ist an eine vielgestaltige *Ökumene des Geistes* zu denken!

Das Urteil von Schoeps wird man, soweit es einen Vergleich mit dem Protestantismus betrifft, vor allem auf die Charismatiker des Pietismus und der mit ihm in geistigem Zusammenhang stehenden Erweckungsbewegung beziehen dürfen. Mit dem Stifter der Herrnhuter Brüdergemeinde, dem Grafen Nikolaus Ludwig von Zinzendorf (1700 – 1760), hat Israel ben Elieser das Geburts- und das Sterbejahr gemeinsam. So groß der Unterschied zwischen dem Chassidismus des Bescht und den Pietisten des 17. und 18. Jahrhunderts im Einzelnen sein mag: Beide Bewegungen verkörpern von ihrem jeweiligen Traditionszusammenhang her gesehen Gemeinschaften einer religiösen Erneuerung. Wichtiger als das Pochen auf das „richtige" Bekenntnis ist ihnen beiden die Praxis des Glaubens und die Erfüllung der Nächstenliebe. Die eine Bewegung formierte sich vor dem Hintergrund eines dogmatisch erstarrten Rabbinismus, die andere als Reaktion auf die nachreformatorische, ebenfalls dogmatisch-konfessionalistisch verengte Orthodoxie im Protestantismus. Beiden gehen Krisen und Katastrophen unmittelbar voraus: In Mitteleuropa ist es der Dreißigjährige Krieg mit seinen verheerenden Nachwirkungen; im Ostjudentum sind es die erwähnten antisemitischen Verfolgungswellen und die Unterdrückung alles Jüdischen sowie der Pseudo-Messianismus der Sabbataianer. Beide Bewegungen knüpfen an die ihnen gemäße mystisches Strömung an, – sei es die christliche, sei es die jüdische in der Gestalt der Kabbala. Die Menschen da wie dort fühlen sich zu neuer religiöser, zugleich lebenspraktischer Spontaneität gedrängt. Bei weitem nicht allein Intellektuelle sind die Träger des Erneuerungsimpulses, vielmehr werden da wie dort breite Volksschichten nachhaltig erfasst.

Schließlich sei an einige weitere Vergleichsmöglichkeiten erinnert. Da ist beispielsweise das katholische Franziskanertum; ohne die glühende Gottverbundenheit und die brüderliche Nähe zu allen Kreaturen ist Franziskus von Assisi nicht zu denken. Zu denken ist an die immer noch viel zu wenig bekannten Gestalten im islamischen Sufismus, nicht zuletzt an den Zen-Buddhismus, in dem die konkrete Wirklichkeit in der Achtung des jeweiligen Augenblicks ernst genommen wird.

In seiner Deutung der chassidischen Botschaft hat Martin Buber den „Ort des Chassidismus in der Religionsgeschichte" aufgezeigt, unter anderem mit dem Hinweis: „Der Baal-Schem gehört zu jenen zentralen Gestalten der Religionsgeschichte, die dadurch gewirkt haben, dass sie in einer besonderen Weise lebten, nämlich nicht von einer Lehre aus, sondern auf eine Lehre zu, in solcher Weise, dass ihr Leben als eine Lehre wirkte, als eine noch nicht sprachlich erfasste Lehre."[59]

Eine besondere Parallelität dürfte schließlich zwischen dem Bescht und dem Nazarener Rabbi Jesus (Jehoshua) bestehen, die beide ihr Judesein lebten und gerade dadurch, nämlich durch die Gottes- und Nächstenliebe „das Gesetz und die Propheten" erfüllten (Matth 22, 37 ff.), indem sie das Gebotene zu einem Evangelium, einer Freudenbotschaft, erhoben. Wie sollte dies Außerordentliche schließlich anders als in mythischer Rede und in Gestalt von Legenden da wie dort zum Ausdruck bringen? Auf die dogmengeschichtliche Überhöhung des „Herrn Jesus" als „Gottes Sohn" im trinitarischen Gottesbild wäre gesondert einzugehen.

Im übrigen sei angemerkt: die bloße Aufzählung von Vergleichspunkten vermag die jeweilige Einzigartigkeit einer menschlichen Individualität und eines menschlichen Existierens nicht zu relativieren. Heißt es von Jesus, dass er gewaltig und nicht wie die Schriftgelehrten gepredigt habe (Matth. 7, 29), so wird dem Bescht nachgesagt, er sei ein Entflammter gewesen. Sein Sohn Rabbi Zwi kleidet dies in ein legendarisches Bild: Nach dem Abscheiden seines Vaters habe er ihn einmal in der Gestalt eines Feuerbergs gesehen, der sich in unzählige Funken teilte. Er habe ihn gefragt: „Warum erscheinst du in solcher Gestalt?", worauf er geantwortet habe: „So habe ich Gott gedient."

Ausschnitt aus dem Titelblatt des 500 Jahre alten Buches „Portae Lucis"
(„Pforten des Lichts", Bayerische Staatsbibliothek, München), das eine
lateinische Fassung des kabbalistischen Buches „Scha'arei orah" des
jüdischen Gelehrten Joseph ben Abraham (Spanien des 13. Jahrhunderts)
ist. Es behandelt die Namen Gottes und ihre Bedeutung, wie sie in den
zehn Stufen (Sefirot) des Lebensbaumes vorkommen.

Zur Esoterik der Kabbala

Ehe von der geistigen Nachfolge des Baal-Schem-Tow die Rede sein kann, ist von chassidischer Frömmigkeit und von deren spirituellen Grundlagen zu sprechen, zu denen die Mystik der Kabbala gehört. Wenn immer es um Gotteserfahrung im allgemeinen, von Mystik im besonderen geht, ist man mit einem großen Problem konfrontiert, weil sich das jeweils Gemeinte einer eindeutigen oder gar allgemein verständlichen Definition entzieht. Zu vielfältig sind die geistig-religiösen Quellgebiete, Erlebnisweisen und Standpunkte, die jeweils einzunehmen sind. Daher kann es eine Mystik „an sich" ebenso wenig geben wie eine Esoterik an sich, geht es doch um eine je eigentümliche Weise des Innewerdens. Gemeint ist eine Wirklichkeit, die über die Wahrnehmung in Raum und Zeit hinausreicht. Es geht um einen Mysterienzusammenhang, der in jeder Religion spezifische Prägungen gefunden hat. Eine mit einem Mysterium verknüpfte innere Erfahrung kann bezeugt werden; dagegen aufgezeigt oder „bewiesen" werden kann des Zugrundeliegende nicht. Das gilt für die gestaltenreiche jüdische Mystik in besonderer Weise, die ähnlich wie im Christentum und Islam auf geschichtliche Vorgänge bezogen sind, sich jedoch nicht als solche erschöpfen:

Ohne das Faktum der historischen Offenbarung zu leugnen, tritt für den Mystiker die Quelle der religiösen Erkenntnis und Erfahrung, die in seinem eigenen Herzen entspringt, als gleichberechtigte Erkenntnisquelle neben der Offenbarung. Oder, anderes ausgedrückt: die Offenbarung wird aus einem einmaligen Akt zu einem dauernd sich wiederholenden.[60]

Was nun die jüdische Mystik in ihren verschiedenen historichen Ausformungen anlangt, so stellt sie den Versuch dar,

die religiösen Werte des Judentums selbst als mystische Werte zu verstehen. Sie versenkt sich in die Vorstellung des lebendigen Gottes, der sich in Schöpfung, Offenbarung und Erlösung manifestiert, und sie treibt diese ihre Versenkung so weit, dass ihr aus diesem Bezirk des lebendigen Gottes eine ganze Welt göttlichen Lebens entsteht, die im Geheimen in allem Seienden gegenwärtig ist und wirkt. Das ist der Sinn dessen, was die Kabbalisten die „Welt der Sefirot" nennen [...] Die Attribute des lebendigen Gottes erfahren hier eine besondere Verwandlung.[61]

Kabbala kann als Inbegriff der jüdischen Mystik und Esoterik, das heißt einer Geheimlehre, verstanden werden. Der hebräische Verbstamm „k-b-l" bedeutet „empfangen" und verweist auf den letztlich verborgenen Grund allen Seins, der in den Gottesnamen, insbesondere in dem vom frommen Juden nicht auszusprechenden JHVH (Jahve), auch Tetragrammaton genannt, symbolisiert wird. So wie das griechische neutestamentliche Johannesevangelium mit jener bedeutsamen Intonation beginnt: *„En archä än ho logos* – Im Anfang war das Wort", so steht bereits auf dem ersten Blatt der hebräischen Bibel: *„Bereschit bara Elohim* – Am Anfang schuf Gott."

Damit ist keine bloße theologische oder metaphysische Tatsachenfeststellung gemeint. Die jeweilige Aussage basiert vielmehr auf der Wirkmächtigkeit der Sprache als solcher, die qualitativ mehr ist als ein alltägliches Verständigungsmittel.[62] Sie gründet auf der jeweiligen Buchstaben- und Wort-Struktur, die allem Sein, vor allem dem Schaffen Gottes beizumessen ist.

„Die Stimme seiner Worte höret ihr", gibt die hebräische Bibel gemäß Deut 4, 12 zu bedenken, „aber keine Gestalt sahet ihr außer der Stimme."

Von daher gesehen drücken die hebräischen Buchstaben, die Schriftzeichen, die gleichzeitig Zahlenwerte enthalten, Grundelemente aus, die einer Mysterienwelt angehören. Der Kabbalist kennt verschiedene Möglichkeiten, die verborgene Bedeutung eines Wortes beziehungsweise einer biblischen Aussage zu ermitteln, indem er zum Beispiel die Quersumme eines Wortes mit derjenigen eines anderen vergleicht, wodurch auf eine tatsächliche oder angebliche Entsprechung hingewiesen ist, die zwischen zwei Worten besteht. Diese Vorgehensweise – es ist nur eine neben anderen – wird mit dem griechischen Lehnwort als „Gematria" bezeichnet. Ein einfaches Beispiel ergibt sich aus dem gleichen Zahlenwert 70 von *yayin* (Wein) und *sod* (Geheimnis, Mysterium), woraus erhellt, dass Wein ein Geheimnis zutage bringen kann (in vino veritas!), mehr noch: dass mit dem Wein ein besonderes Mysterium verbunden ist. Wein ist somit in bedeutsamer Weise symbolfähig, symbolträchtig. Hierfür hält die Kultur- und Religionsgeschichte zahlreiche Beispiele bereit.

Dem praktizierenden Kabbalisten sind für seinem Umgang mit der Sprache, speziell der der heiligen Schrift, Hinweise gegeben, wie er magische Operationen vollziehen und selbst (mit)schöpferisch tätig werden kann. Er tut es, indem er etwa versucht, auf die Bereiche der Manifestationen des Göttlichen, dargestellt in den zehn göttlichen Sefirot, einzuwirken. Der Umgang mit der Heiligen Schrift und mit den biblischen Namen ist somit nicht etwa ein heute übliches philologisches Vorgehen, das es zu „übersetzen" gelte. Gottesnamen – es gibt in der hebräischen Bibel deren mehrere – auch Namen der

Engel und der übersinnlichen Wesenheiten zu kennen, sie auszusprechen und im Gebet anrufen zu können, ist in der religiösen Tradition, selbst noch in den Volksmärchen von großer Bedeutsamkeit. Wer den Namen kennt, steht in Verbindung mit dem Namensträger. Gegebenfalls hat er, wie das Märchen zeigt, sogar Einfluss auf und Macht über den betreffenden.

Noch im Vaterunser der Christenheit, das seinem Wortlaut nach aus hebräischen Wurzeln erwachsen ist, steht die Heiligung des Gottesnamens an erster Stelle: *Dein Name werde geheiligt!* So sind es die Namen, die für die Tiefendimension von Gott und Welt stehen. Darauf beruht denn auch das Tun eines Baal-Schem-Tow, das heißt eines Menschen, dem es wie dem Israel ben Elieser gegeben ist, die Wirkmacht des Wortes zu entbinden, zu diesem Zweck Amulette anzufertigen und den Menschen Worte des Segens und des Heiles zuzusprechen.

Aus alledem ergibt sich eine elementare Einschätzung der biblischen Überlieferung, die nicht allein als die lehrmäßige Dokumentation der göttlichen Weisung darstellt, sondern die darüber hinaus eine Teilhabe an dem Wort Gottes Mal um Mal eröffnet. In besonderer Achtsamkeit gilt es daher die spirituelle Dimension der Tora zu durchleuchten. Denn die Tora ist – beispielsweise bei Jesus Sirach – zugleich die Weisheit Israels und Gottes Gefährtin.[63]

In den talmudischen „Sprüchen der Väter" (Pirke Abot 1, 1) heißt es: „Mose empfing (von hebr. Kibbel, Kabbala, Empfängnis) die Tora am Sinai und überlieferte sie dem Josua; Josua den Ältesten, die Ältesten den Propheten, und die Propheten überlieferten sie ihrerseits den Männern der großen Synagoge", – das sind die Väter der hebräischen Schriftgelehrsamkeit.

Nun hat es zu jeder Zeit in der Geschichte der Religionen gleichsam zwei Ebenen der Überlieferung oder zwei Traditionsketten geben. Die eine war an die Allgemeinheit gerichtet und hatte somit den Charakter einer vor allem nach außen berichteten, einer öffentliche Lehre (Exoterik; von griech. *exo,* außen). Die andere war eine „innere", an bestimmte Voraussetzungen der Reife und eines innigen Vertrautwerdens gebundene Form der Weitergabe des Geoffenbarten (Esoterik, von griech. *eso,* innen). Beide, die exoterische und die esoterische Pflege des geistig-religiösen Lebens haben ihren Eigenwert. Sie gehören zusammen und bilden eine Einheit. Das gilt für das Judentum wie auch für das Christentum.[64]

Auf die Bibel und ihre Auslegung bezogen kannte man seit alters einen mehrfachen Schriftsinn, zum Beispiel jenen historischen und wörtlichen, andererseits einen spirituellen, auf die innere Dimension bezogenen Bedeutungsgehalt. Letzterer hat damit zu tun, dass einem etwas von der Sinnmitte eines Textes wieder und wieder aufgehen kann, verstärkt und intensiviert durch einen meditativen Umgang mit der Schrift als einem „irdenen Gefäß" des Wortes Gottes (2. Kor 4, 7). Und Meditation in dem hier gemeinten Sinn lebt von der Wiederholung, das heißt von der unablässigen vernehmbaren Vergegenwärtigung des Wortes, etwa im Sinne von Psalm 1, wo von dem Frommen (nach Bubers Verdeutschung) gesagt ist, „er hat Lust an Seiner Weisung (und) über seiner Weisung murmelt tages und nachts." Auf die Kabbala angewandt lässt sich vereinfacht sagen: Die jüdische Schriftgelehrsamkeit, die Lehrweise der Rabbinen und der Talmudisten verhält sich zu den Mitteilungen der Kabbalisten wie jüdische Exoterik zur Esoterik.[65]

Oder um es an einem konkreten Beispiel zu veranschaulichen: Die für alle Glaubenden verbindlichen, somit exoterischen Zehn Gebote, dem Herzstück der Tora, haben in der Esoterik der Kabbala eine wichtige Entsprechung erfahren.

Es handelt sich um die Zehn Sefirot (Einzahl: Sefira) als den Erscheinungsebenen und Abglänzen der letztlich transzendenten Gottheit.

Sie sind einerseits die geistigen Urbilder der Zehn Gebote; sie verkörpern den Adam Kadmon. Sie sind aber noch viel mehr, insofern sie auf theosophisch-kosmosophische Dimensionen verweisen, von denen in der allgemeinen Religionslehre naturgemäß nicht die Rede ist. Geheimnisse der Gottheit und der Schöpfung sind der Meditation und der Diskussion im kleinen Kreis kabbalistischer Esoteriker vorbehalten. Nur der meditative Geschulte ist somit in der Lage, die im Bild und Symbol aufgehobene Weisheit ihrer spirituellen Substanz nach zu „begreifen" beziehungsweise sich von ihr ergreifen zu lassen. Und weil das Mysterium des Gotteswortes (Schem) in seinem Kern nur dem Frommen, dem zugleich Wissenden vorbehalten ist, deshalb blicken Kabbalisten mit begründetem Argwohn auf jene, die sich, von bloßer Neugierde geleitet, dessen bemächtigen wollen, was nur dem Gläubigen zusteht, der der Gesamtheit der göttlichen Weisung gehorsam entspricht.

Der kabbalistische Seher erblickt vor seinem inneren Auge das Urbild eines Baums als Inbegriff einer lebendigen Fülle und Entfaltung. Der sogenannte Sefirot-Baum bringt die spirituellen Potenzen der zehn Sefirot auch graphisch zur Anschauung. Das Wort „Sefira" (Plural: Sefirot) hängt mit „zählen" zusammen. Gemeint ist jedoch nicht eine zu zählende Quantität, sondern eine Fülle von Qualitäten, die auf die Hintergründe des Weltenseins hindeuten. In dem wichtigsten Werk der Kabbala, „Sefer ha-Sohar (Buch des Glanzes), finden sich perspektivenreiche Schilderungen der geistigen Struktur des Sefirot-Baumes, der sich in einer oberen Dreiheit und in einer ihr darunter zugeordneten Siebenheit von Potenzen oder

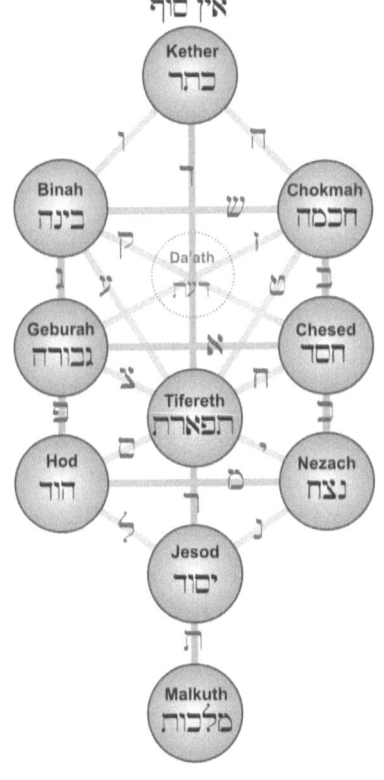

1. Kether (Wille, Krone)
2. Chochmah (Weisheit, Klugheit, Geschicklichkeit)
3. Binah (Unterscheidende Vernunft, Einsicht, Intelligenz)
4. Chesed (Liebe, Gnade, Mitgefühl)
5. Geburah (Strenge, Gericht, Gerechtigkeit)
6. Tiphereth (Barmherzigkeit, Herrlichkeit, Schönheit)
7. Nezach (Ewigkeit, Kraft)
8. Hod (Ehre, Sieg, Glanz, Schönheit)
9. Jesod (Gerechtigkeit, Fundament)
10. Malchuth (Anwesenheit Gottes in der Welt, Königreich, Regierung).

Grafik: Friedhelm Wessel
Ez Chajim, der (kabbalistische) Lebensbaum, der sich zusammensetzt aus den 10 Sefirot und den 22 sie verbindenden Pfaden, denen die 22 Buchstaben des hebräischen Alphabets zugeordnet sind. Die Deutung und Übersetzung der einzelnen Sefirot ist nicht einheitlich. Oben sind die häufigsten deutschen Bezeichnungen angegeben, an erster Stelle jeweils die nach Gershom Scholem[66]

Sphären dargestellt. Darunter sind Ausstrahlungen (Abglänze) Gottes zu verstehen.

Am Sefirot-Baum unterscheidet der Kabbalist außer der oberen Dreiheit von Kether/Krone, Chochma/Weisheit und Bina/Vernunft noch eine mittlere und – abgesehen von Malchut/Schechina – eine untere Dreiheit. Er entdeckt eine rechte, mittlere und eine linke Säule von Urpotenzen mit jeweils eigenen Funktionen, die in einer dynamischen Beziehung zueinander stehen.[67] Angesichts der darin enthaltenen Polaritäten ergeben sich vielfältige Wechselbezüge, insbesondere im Gegenüber des Männlichen und Weiblichen, des Guten und des Bösen, die letztlich auf Einheit und Ganzheit ausgerichtet sind. Die zehnte Sefira „Schechina" steht für die Einwohnung und Anwesenheit Gottes, ja für Gott schlechthin. Sie befindet sich im Exil (Galuth) und harrt der Heimkehr. Diese Schechina repräsentiert gleichzeitig den mystischen Leib Israels, die „Knesseth".[68] Damit ist zum Ausdruck gebracht, inwiefern das in Raum und Zeit verkörperte Israel auf der oberen Ebene der Sefirot vorgebildet ist. Derartigen Vorstellungen liegen auch Äußerungen zugrunde, die dem Baal-Schem zugeschrieben werden:

Zuweilen muss der Mensch erfahren, dass es noch endlos viele Firmamente und Sphären gibt, und er steht auf einem Flecken der kleinen Erde. Die ganze Allwelt aber ist wie nichts vor Gott, dem Schrankenlosen, der die Einschränkung tat und Ort in sich selbst setzte, die Welten darin zu erschaffen. Und wiewohl der Mensch dies mit seiner Einsicht begreift, vermag er nicht zu den oberen Welten aufzusteigen; und dies ist, was geschrieben steht: „Aus der Ferne ist mir der Herr erschienen"; er betrachtet Gott aus der Ferne. Dient er aber Gott mit all seiner Kraft, dann fasst er große Gewalt in sich ein und erhebt sich in seinem Geist und durchbricht auf einmal alle Firmamente und steigt über Engel, Himmelsräder und Seraphim und Throne. Und das ist der vollkommene Dienst.[69]

Indem der Bescht auf den Dienst hinweist, bringt er ein wichtiges Motiv chassidischer Spiritualität und Lebensart zum

Erklingen. Denn eben darauf kommt es ihm und seinen vom Feuer der Gottesliebe durchglühten Nachfolgern an.

Gershom Scholem wies darauf hin, dass der Chassidismus dennoch – in theoretischer Hinsicht – die Kabbala kaum bereichert habe. Berücksichtigt man die Ausgangssituation ihres Werdens, so lag dergleichen auch nicht im Rahmen ihrer Bestimmung. Und doch habe die jüdische Mystik in ihrer Gesamtheit durch die polnisch-russischen Chassidim des 18. Jahrhunderts einen machtvollen Impuls empfangen. Das heißt:

Was dem Chassidismus seine besondere Formung gegeben hat, war vor allem die Begründung einer religiösen Gemeinschaft [...] Die Originalität des Chassidismus kam dadurch zustande, dass Mystiker, die den mystischen Weg in sich verwirklicht hatten [...] vor einfache Leute traten und, anstatt den persönlichsten aller Wege nur für sich selbst zu gehen, ihn alle Menschen guten Willens zu lehren unternahmen.[70]

Das ist auch der Grund, weshalb Martin Buber den von ihm beschriebenen Chassidismus die „Ethos gewordene Kabbala" genannt hat. „Das verwandelnde Element ist also nicht auf der lehrmäßigen und literarischen Ebene zu suchen. Es liegt vielmehr in der Erweckung, in der Spontaneität des Gefühls, die die Begegnung mit den lebendigen Verkörperungen der Mystik hervorruft."[71]

Wie schon angedeutet, orientierten sich die chassidischen Frommen in besonderer Weise an der durch Isaak Luria initiierten Ausformung der Kabbala. Aufgrund seiner hohen Wertschätzung ging die Rede, dieser als Erneuerer und „Revolutionär der Kabbala" (J. Dan) beschriebene Meister habe seinerseits über ein besonderes Charisma verfügt, weil seine Seele „häufig in die göttlichen Sphären erhoben (worden sei), wo er in der himmlischen Tora-Schule große Geheimnisse studiert (habe)".[72]

Geschichtlich betrachtet kann die lurianische Kabbala als ein historisches Bindeglied zwischen der älteren jüdischen Mystik, etwa in Gestalt des Buches Bahir,[73] des Buches Jezira[74] oder des Sohar[75] auf der einen und den Chassidim auf der anderen Seite angesehen werden. Da wie dort geht es um Heil und Wiederherstellung (Tikkun) auf allen Ebenen des Seins. Damit ist auf die große Affinität zu Begriffen der lurianischen Symbolik hingewiesen. Und die wurde „nie geleugnet, nur ihre angebliche Nähe zum Sabbatianismus in Abrede gestellt. Fast in jedem chassidischen Werk finden sich lurianische Ausdrücke [...]"[76]

Und was die „Ethos gewordene Kabbala" anlangt, so obliegt es den Chassidim, durch ihr ganzes Tun und Lassen im Sinne von Tikkun mitzuwirken.

Um den Zusammenhang knapp zu skizzieren: Vorausgesetzt ist zunächst der Grund allen Werdens. Nach den Vorstellungen Lurias musste der transzendente und unbegrenzte Gott (En sof) sich selbst eine gewisse Begrenzung geben; er musste sich zurückziehen in einem theosophisch-kosmosophisch beschreibbaren Akt einer Selbsteinschränkung in Kontraktion und Konzentration (Zimzum), damit gewissermaßen erst „Raum" gegeben war für die Schöpfung.

Was nun die Zehngestalt der Sefirot anlangt, so erschienen sie Luria als Gefäße (Kelim) mit einem göttlichen Inhalt versehen, die einer Differenzierung bedürfen. Ein folgenschwerer Akt musste eintreten, das „Zerbrechen der Gefäße" (Schewirat ha-kelim). Der Gesamtkosmos wurde in Mitleidenschaft gezogen. Das entsprach einer Katastrophe, zu deren Resultat der

Ursprung des Bösen gehört – ein Geschehen, das vor dem sogenannten Sündenfall Adams um sich griff, also ein Fall vor dem Fall der Menschheit, wie er Genesis 3 berichtet wird. Von daher ergab sich der Ruf nach einer Korrektur (Tikkun), bei der es darum gehen sollte, dass die in den Gefäßen oder Schalen gefangenen Lichtfunken gelöst und erlöst würden. Mit anderen Worten lässt sich der Mythos vom Weltwerdungs- und Welterlösungsprozess so beschreiben:

Nachdem Gott im Hinblick auf die Schaffung der Welt den Zimzum vollzogen hatte, schuf er „Gefäße". Er stellte sie an den „Ort", den er durch seinen Rückzug freigemacht hatte. Diese Gefäße waren dazu bestimmt, das Licht aufzunehmen, in dem die Welt zum Leben entstehen sollte. – Die Gefäße, die noch geistiger Natur waren und die der Lichtquelle am nächsten standen, empfingen ohne Schaden das in sie einströmende Licht. Die Gefäße aber, die schon stofflicher Natur waren und von der Quelle am weitesten entfernt standen, hielten dem einströmenden Licht nicht stand und zerbrachen sogleich. Die mit Lichtteilchen (Funken) beladenen Splitter dieser Gefäße verloren sich im Nichts [...] Der Fall der Welten und der erste Sündenfall des Menschen haben die Zerstreuuung, das ‚Exil', die Galut, zahlreicher Funken des göttlichen Lichtes verursacht. Sie irren nun ungenutzt umher. Beständig versuchen die „Funken" wieder zu ihrer Quelle emporzusteigen. Außerdem wird die Schechina, die in der Welt immanente Gottheit, zu einer Gefangenen der menschlichen Sünden.[77]

Damit ist von der lurianischen Mystik her auf den mythischen Hintergrund für die chassidische Spiritualität hingewiesen.

Mit anderen Worten: Es gilt, die gefallenen „heiligen Funken" im konkreten Leben zu erheben. Es gilt, die göttliche Schechina aus ihrem Exil (Galut) zu befreien. Darin ist zugleich das Schicksal des nach Heimkehr sich sehnenden Volkes Israel abgebildet. Wie ersichtlich geschieht dies in einem historischen Augenblick, in dem noch lange nicht abzusehen ist, dass es zu einer irdischen Staatsbildung kommt!

Dieses Erlösungswerk, das in der Erfüllung des göttlichen Gebots, das heißt in der liebenden Hingabe (Devekut), durch Gebet und durch Tat geschieht, steht einerseits im Zeichen der Hoffnung auf die Erlösung Israels, andererseits im daran mitwirkenden Vollzug durch jeden Menschen. Denn die Schechina, um deren Erhebung es letztlich geht, entspricht der urbildlichen oder mystischen Gestalt Israels. Aufs engste damit verbunden ist die messianische Hoffnung auf die als äußeres Ereignis noch ausstehende Erfüllung. Deshalb die Versuchung derer, die die Herankunft des erwarteten Messias gegebenenfalls durch magische Operationen beschleunigen wollen.

In seiner romanhaften Chronik „Gog und Magog" hat Martin Buber[78] beide Motive einander gegenübergestellt: Auf der einen Seite den zu überwindenden magischen Versuch, auf der anderen Seite den Versuch, durch innere Wandlung und Umkehr dem Messias, wie die Judenheit ihn sieht, den Weg zu bereiten. Buber selbst – über dessen Interpretationsarbeit noch zu sprechen ist – bekennt in diesem Zusammenhang:

Mein Herz gehört zu jenen von Israel, in denen sich heute, den blind Bewahrenden und den blind Bestreitenden gleicherweise entrückt, das Ringen vollzieht, das der Erneuerung von Glaubensgestalt und Lebensgestalt vorausgeht [...]

Ich bin nicht mit meinem ganzen Bestande in der Welt der Chassidim [...]

Aber mein Fundament ist dort, meine Antriebe sind den ihren verwandt.[79]

Die „Sache", um die es bei alledem geht, hat der Chronist eine „Sache auf Leben und Tod" genannt, die jeglicher spekulativen Verharmlosung widersteht.

In seiner „Geschichte des Chassidismus" fasst Simon Dubnow das Wesentliche – auch mit Blick auf die Rolle, die der Kabbala zukommt – wie folgt zusammen:

Der Chassidismus stellt eine Volksbewegung dar, die die Mystik von den Höhen des Überweltlichen in die Welt des Alltags überleitete. Sowohl der hohe theosophische Gedankenflug der theoretischen Kabbala als auch der krankhafte Asketismus der praktischen blieben dem Chassidismus fremd; ebenso wie er auf die abstrakten Ideen der ersteren verzichtete, wandte er sich auch von der messianischen Sehnsucht und der beschwingten Begeisterung der letzteren ab [...]

So brachte der Chassidismus den Himmel wieder auf die Erde hinab, indem er die letzten Geheimnisse durch einfache Symbole, zum Teil durch Wunder und Zeichen sinnfällig machte und Gott dem Mann aus dem Volke wieder sinnfällig näher brachte, dass er zwischen beide als versöhnliche Instanz dem mit Zauberkraft ausgestatteten Zaddik einfügte.[80]

Elemente chassidischer Spiritualität

Am Anfang der chassidischen Bewegung steht keine Theorie, keine Lehre, sondern – ideell betrachtet – die Spontaneität eines begeisterten Lebens. Schlicht ausgedrückt ist die chassidische Spiritualität „Freude in Gott"; „eine Weltfrömmigkeit, kein Pietismus" (Buber), wenn darunter ein Frommsein verstanden werden sollte, das um seiner selbst willen betrieben wird. Anders ausgedrückt ist es ein „ungebrochener religiöser Enthusiasmus" (Scholem), dem alle aus den vielfältigen Lebenszusammenhängen sich herausnehmende Askese fremd ist. Hier geht es um Durchbruchserlebnisse, um Erfahrungen eines mystischen Entbrennens angesichts der Wunder der Schöpfung; nicht weniger angesichts dessen, was sich gerade begibt und was gerade zu tun ist. Chassidim dieser Art sind somit keine passiv beschauliche, sondern aktive und damit weltzugewandte Mystiker. Was Rabbi Leo Baeck (1873 – 1956), ein Überlebender des Konzentrationslagers Theresienstadt, von der jüdischen Mystik im Gegenüber zu einer passiven Erlösungsmystik im Christentum[81] und Buddhismus gesagt hat, das trifft somit auf die chassidische Frömmigkeit also solche zu, wenn er schreibt:

Sie ist eine Mystik des Willens und seiner Versöhnung, des Gebotes und seiner Verwirklichung, eine aktive Mystik. Auch sie hat das Eigentümliche des Judentums, dass die Tat ein Entscheidendes ist. Für das Judentum gibt es nur einen Zugang zum Sinne des Lebens und nur einen Weg vom Menschen zu Gott, den der Erfüllung des Gottesgebotes [...]

*Im Willen und für die Welt soll die Verbindung mit Gott
vollzogen werden, indem, wie ein altes Wort sagt, „Gottes
Willen zu dem unseren wird und damit unser Wille zu
Gottes Willen" und damit „die Welt erschaffen wird zum
Gottesreich". Das ist die jüdische unio mystica.*[82]

Nur aus einem derartigen aktiv und optimistisch gestimmten
Enthusiasmus heraus war der Chassidismus des Baal-Schem
und seiner Gefolgsleute in der Lage, jene tief enttäuschten und
niedergedrückten Volksschichten im Ostjudentum aufs neue
mit Hoffnung zu erfüllen und ihrem Leben, auch wenn es in
Armut und Bedrängnis zu vollziehen war, eine neue Ausrichtung zu geben.

Weil dem so ist, deshalb kann es als ein Notbehelf angesehen
werden, auswahlweise einzelne Faktoren chassidischer Geistigkeit, die in das konkrete Leben gestaltend eingreift, zu benennen. Denn jedes bloße Benennen und jede abstrahierende
Systematik macht aus einem Lebendigen notgedrungen etwas
Totes, aus dem Weltkonkretum etwas Begrifflich-Abstraktes.
Impulsierende Dynamik erscheint auf eine in sich abgeschlos-
sene Statik reduziert. Das gelebte Leben entweicht darin. Unter
diesem Vorbehalt seien in den folgenden Abschnitten dennoch
einige Grundbegriffe des Chassidischen aufgeführt. Aber sie
können zumindest eine orientierende Hilfsfunktion erfüllen.

Zugrunde liegt das Eigentliche, das Wesenhafte der Chassiduth. So wird von dem Zaddik Menahem Mendel aus Kozk
berichtet, in welcher Weise er sich über die rituelle Ordnung
der Gebetszeiten der Juden hinwegsetzte. Er tat es mit den
Worten: „In Kozk haben wir eine Seele, eine Glocke haben wir
nicht!" Auf die chassidische Wirklichkeit als solche übertragen

könnte man mit Arie Rubinstein sagen: „Nicht ein Buch, eine Seele haben wir!"

Es hat sich eingebürgert, die jüdische Frömmigkeit aus christlicher Sicht als eine Religion des Gesetzes zu charakterisieren, das von Geboten und Verboten bestimmt ist, die im Rahmen strikter Riten zu vollziehen seien. Darüber ist etwas von der Innigkeit und Hingabefähigkeit vernachlässigt, die zum Judesein, namentlich in seiner kabbalistischen wie chassidischen Ausprägung hinzugehören. Nun steht außer Frage, dass der Chassid als Glied des einen Gottesvolkes mit seinen jahrtausendealten Traditionen und Normen darinnensteht. Sie ist in der Tora als der maßgebenden göttlichen Weisung niedergelegt. Alle Riten und Gebräuche vollzieht auch er. Und doch heben sich die Chassidim von ihren orthodoxen Glaubensgenossen ab, namentlich von denen, die sich als Gegner (Misnagdim) in Weißrussland und Litauen – dort unter dem regierenden Elia (1720 – 1797), den Gaon von Wilna[83] – auf einen gelehrten Rabbinismus beriefen, während die Chassidim der Gesetzesfrömmigkeit angeblich nicht genügten. „Diese Gesetze seien durch das Talmud-Studium herauszufinden, dann jedoch blindlings-gehorsam zu befolgen."[84]

Debekut – Anhaften an Gott

Streng genommen heben sich die Anhänger des Baal-Schem aber hinsichtlich ihrer Frömmigkeit nicht von ihren Gegnern ab, als versäumten sie die geheiligten Ordnungen der Väter oder frönten gar einem zügellosen Antinomismus nach Art der Frankisten. Eher kann von einer Intensivierung, von einer Verinnerlichung des Frommseins gesprochen werden. Sehen wir einmal von späteren Entwicklungen ab, in denen sich Zeichen eines spirituellen Niedergangs bemerkbar machten, dann ist es letztlich der lebendige Gott selbst, durch den sie sich an die Tora gebunden fühlten und deren Erfüllung ihnen am Herzen lag.

Es ist die Kraft des religiösen Aufbruchs und der Hingabe, die einen erstarrten Ritualismus in Frage stellt, dem der bloße *Nach*vollzug des seit je Gebotenen genügt, in dem jedoch die lebendige von Herzen kommende Ursprünglichkeit erstorben ist. Wiewohl die Chassidim die Tora studieren und sich in den rituellen Tauchbädern läutern, so ereignet sich doch das Eigentliche ihres Frommseins durch „Debekut". Es ist das „Anhangen" an Gott in der Verbindung mit anderen Frommen. Debekut heißt soviel wie: sich Gott zuwenden, an ihm haften, in ihm „urständen", wie Jakob Böhme aus einer vergleichbaren Grundhaltung heraus gesagt haben würde. Eine christliche Parallele zu dieser Haltung findet sich im Johannesevangelium, wo (Joh 15) von Christus als dem Weinstock und von den Reben gesprochen wird, die an ihm „bleiben" (griech. *ménein)*. Und Paulus, der wie der johanneische Christus in jüdischer Religiosität wurzelt, nennt dieses Bleiben das „In-Christus-Sein" (griech. *en christo einai)*. Die johanneische wie die paulinische Christus-Mystik atmet althebräische Geistigkeit, nicht minder die chassidische. Es bedurfte jedenfalls nicht etwaiger Anleihen bei der christlichen Spiritualität, wie bisweilen angenommen wird.

Isaak von Akko, ein aus Palästina stammender spanischer Kabbalist des 14. Jahrhunderts, schreibt zu diesem Thema:

Wer des Mysteriums des Anschlusses an Gott (Debekut) gewürdigt wird, gelangt zum Mysterium des Gleichmuts.

*Und wer den Gleichmut hat, gelangt zum Mysterium
der Einsamkeit, und von da zum Heiligen Geist und zur
Prophetie [...]*

*Solang du den Gleichmut nicht hast und die dir angetane
Beschimpfung noch empfindest, hast du nicht die richtige
Disposition, einen Gedanken mit Gott zu verbinden.*[85]

Scholem erinnert in diesem Zusammenhang daran, dass der
zeitgenössische christliche Mystiker Meister Eckhart unter
Berufung auf die Stoiker ganz ähnliche Ideen vertreten habe.

Was die besondere chassidische Debekut anlangt, so findet
sich bei dem Chassiden Jakob Josef von Polonoje der Satz: „Es
gibt ein Gebot (Mizwa) in der Tora, das alles in sich beschließt,
und das lautet: Du sollst ihm (Gott) *anhangen.*"

Debekut ist kein einziger oder einmaliger Akt neben anderen, sondern eine unaufhörlich Einstellung des Bewusstseins
und des ganzen Wesens. Gemeint ist eine menschliche Grundhaltung der Hingabe an Gott. Sie soll nicht nur in den Augen-
blicken religiöser Übung oder des Erhobenseins, also im Gebet
und beim Schriftstudium eingenommen werden. Debekut soll
sich vielmehr auf alles Tun und Lassen ergießen. Das ganze
Leben erfordert Debekut. Debekut ist das Leben in der Gottesgegenwart. Mit einem Wort: Der Chassidismus ist von der
Wurzel her Debekut!

Auch hier zeigt sich die Einwirkung und Bedeutsamkeit der
lurianischen Mystik, von der die Chassidim die bereits bespro-
chenen Vorstellungen von Tikkun/Erlösung der Welt und der
Dinge empfangen haben. Nur der an Gott Haftende, mit ihm
Vereinte ist ermächtigt, die den Dingen eingetanen „heiligen
Funken" aus ihren irdischen Verschalungen zu befreien und

emporzuheben, mithin alle Dinge, das ganze Leben – sei es in Gestalt von Arbeit, sei es durch die Feier – zu heiligen.

Rabbi Nachman von Kossow, ein Bescht-Schüler, lehrte, man solle Gott stets mit dem Denken zu umfangen versuchen. Als man ihn fragte, ob denn das eigentlich möglich sei, etwa bei so ausgeprägt weltlichen Geschäften wie Kaufen und Verkaufen, die doch das ganze, auf Gewinn ausgerichtete Interesse beanspruchen, da antwortete Nachman mit einem klaren Ja: „Wenn wir imstande sind, ans Geschäft zu denken, wenn wir beten, sollten wir auch fähig sein, ans Gebet zu denken, wenn wir unsere Geschäfte ausrichten."[86]

Der Baal-Schem, der der Aufspaltung der Wirklichkeit in eine geistig-geistliche und in eine irdisch-materielle Welt energisch widersprach, deutete den Vers: „Auf allen deinen Wegen sollst du Gott erkennen" mit dem Hinweis: „Sogar in jedem leiblichen Tun, das du beginnst, ist es notwendig, dass es ein Dienst höherer Ordnung sei [...], immer um des Himmels willen."

Wie verhält es sich aber mit dem Bösen, das sich oft unversehens unseren Unternehmungen und Schicksalen beimengt? Es ist keineswegs ausgenommen. Vielmehr ist es in den Akt der Heiligung einzubeziehen. Auch die in der Natur des Menschen wurzelnde Neigung zum Bösen gilt es für den Gottesdienst in Pflicht zu nehmen, ja geradezu für einen gottesdienstlichen Akt zu nutzen. Es gilt, das Böse dadurch zu bejahen, dass man es ins Gute transformiert, weil es einen Aufruf und eine Möglichkeit für die „Einheiligung" darstelle. Demnach verkörpert Debekut eine „communio mystica" des Menschen mit Gott. Sie ist als spirituelle Aktivität zu begreifen, die auf kontemplativem Weg in alles menschliche Tun hineinzunehmen sei. Und darin besteht die Mitwirkung des Menschen beim Prozess des

Tikkun als einem Vorgang der Restitution und der Reintegration aller Wesen in den ursprünglichen Zustand. Mit anderen Worten:

Alle Sphären des menschlichen Lebens, auch seine äußerlichsten und geschäftigsten Aspekte einbegriffen, sollen von der Kontemplation der Gegenwart Gottes, die dem Menschen in jedem Moment gegenübersteht, so durchdrungen werden, dass, was nach außen als Aktivität erscheint, ja sogar soziale Aktivität, einen Aspekt der Innerlichkeit an sich erscheinen lässt. Diese zweifache Bedeutung jeder Aktion als eines sichtbaren und eines kontemplativen Vollzugs zugleich war angetan, die spezifische Spannung des religiösen Aktes zu erhöhen [...] Für den Baal-Schem und seinen Schülern erhielt das Ideal der Debekut bei all seinem kontemplativen Grundcharakter immer ein starkes Element spiritueller Aktivität."[87]

Ephraim von Sedylkow, ein Enkel des Bescht berichtete von seinem Großvater, was er darunter konkret verstand. Er habe nämlich alles, was einem Menschen zugehört, auch seine Diener und seine Haustiere, selbst die Gegenstände seines Haushalts als Gefäße verstanden, den jene heiligen Funken innewohnen. Sie gehörten geradezu zur Wurzel seiner Seele:

Und er hat die Aufgabe, sie zu ihrer oberen Wurzel emporzuheben. Denn die Anfänge jedes Dinges sind mit seinem Ende verbunden, und selbst die niedrigsten Funken stehen in Kommunion mit ihrem Ursprung bis zum En sof selber hinauf. Wenn nun der Mensch, zu dessen Seelenwurzel sie gehören, nach oben steigt (d.h. durch gute Taten), so

steigen sie alle mit ihm empor, und all das, wenn er wirklich
an Gott haftet (in Debekut) mit ihm steht, und dadurch
kann er auch sie emporheben. "[88]

Gemeint ist der achtsame Umgang mit den Dingen. Er entspricht einer Haltung des Erbarmens all dem gegenüber, das
wie der Mensch selbst der Heimholung und des Heilwerdens
bedarf.

Die Konkretion dessen, was unter dem Anhaften an Gott zu
verstehen ist, fasst ein chassidischer Text wie folgt zusammen:
„Das Wesen der Debekut besteht darin, dass, wenn einer die
Gebote erfüllt oder Tora studiert, er den Leib zum Thron für
die Seele macht [...] und die Seele zu einem Thron für die Schechina, das über seinem Haupt ist, und das Licht umfließt ihn
gleichsam ringsum, und er sitzt inmitten des Lichts und frohlockt im Zittern."[89] Sätze wie diese regen dazu an, ihren Inhalt
zu imaginieren und für eine Weile zum Gegenstand der Sammlung zu machen!

Jichud – Einung

Das Ziel allen Tuns wird Jichud genannt, die Einung, nämlich
in Gestalt der Herstellung der Verbindung zwischen Gott und
seiner auf Erden in der Fremde des Exils (Galut) weilenden
Schechina. Vermag auch der chassidisch Engagierte dieses hohe
Werk aus eigener Kraft letztlich nicht zu vollenden, so ist es
ihm dennoch aufgetragen; zugetraut und zugemutet. Der Ort
dieser Einung ist ebenso bekannt wie der in Umrissen ange-
deutete Weg, nämlich in der Weise eines achtsamen Umgangs
mit den Dingen. Darunter ins nichts weniger zu verstehen als
die dem Chassiden übertragene Aufgabe, dem Schöpfer das

ihm Gehörige gleichsam zurückzuerstatten. Man könnte wohl auch von einer ans Konkrete gebundenen Geistesgegenwärtigkeit sprechen, bei der man sich in der Ganzheit der Person alle verfügbaren Kräfte einsetzt, um Gutes zu bewirken.

Anders als im Christentum knüpft Jichud nicht an die Heilstat eines Gottmenschen oder eines messianischen Vermittlers an. Jichud ist eben auch nicht etwa der bloße Nachvollzug oder die sakramentale „Wiederholung" einer einstmals bereits vollbrachten Erlösungstat durch einen ordinierten Priester. Gewahrt ist die jetzt und hier erfahrbare Unmittelbarkeit eines ursprünglichen Ereignisses. Es ergibt sich jeweils gerade jetzt, in diesem Augenblick:

Der Mensch wirkt die Einheit Gottes, das heißt: durch ihn vollzieht sich die Einheit des Werdens, die Gotteseinheit der Schöpfung – die freilich ihrem Wesen nach immer nur eine Vereinigung des Getrennten sein kann, welche die dauernde Geschiedenheit überwölbt und in der die Ureinheit des ungeschiedenen Seins ihr kosmisches Gegenbild findet: die Einheit ohne Vielheit in der Einung der Vielheit.[90]

Martin Buber legt Wert darauf, Jichud von dem deutlich abzuheben, was man unter einer magischen Handlung verstehen kann, zumal das magische Element, auch der Gebrauch geheimnisvoller, wirkmächtiger Gottesnamen schon bei dem Bescht zum Einsatz kommen. Das Schreiben von wundertätigen Amuletten und dergleichen haben bekanntlich bei dem Baal-Schem selbst eine gewisse, sein Tun und Leben begleitende, ja bestimmende Rolle gespielt. Denn während eine magische Operation die gezielte Einwirkung eines Subjekts auf ein Objekt bedeutet und somit eine Machtausübung darstellt, meint Jichud nach Bubers Verständnis „die Auswirkung des Objektiven in einer Subjektivät und durch sie: des Seienden im Werdenden und durch es ..." Hier liegt übrigens ein Ansatzpunkt der Kritik an die Buberschen Darstellungen, weil er bestrebt war, das magische Element zu negieren.

Scholem wies dieses Bestreben als „ganz abwegig und unhistorisch" zurück. Dagegen nahm er für den Baal-Schem in Anspruch: „Ungebrochenes Vertrauen auf die Kraft der heiligen Namen lässt in diesem Mann keinerlei Konflikt aufkommen zwischen dem herrscherlichen Anspruch des Magiers, durch sein Amulett oder sonstige magische Prozeduren Hilfe bringen zu können, und dem mystischen Enthusiasmus, der sich selbst vor der Herrlichkeit Gottes vergisst."[91]

Jichud setzt jedoch keine besondere Formel, keine besondere Praktik oder Prozedur voraus. Sie ist „gar nichts anderes als das gewohnte Leben des Menschen, nur gesammelt und auf die Einung als Ziel gerichtet [...] nicht geheime Formelkunde, sondern Allweihe; kein Tun ist seinem Wesen nach verurteilt ‚profan' zu bleiben, jedes wird Dienst und Wirken am Göttlichen, wenn es auf die Einung gerichtet, das heißt in seiner inneren Weihe offenbar wird."[92] Damit ist einmal mehr hervorgehoben, wie wichtig die für alles Tun und Lassen erforderliche Gestimmtheit und Einstellung ist, nämlich die Intention (Kawwana), mit der das jeweilige Werk, sei es groß oder gering, religiös oder weltlich, zu vollziehen ist.

Der Chassid

Wer übt denn Debekut/Hingabe und wem ist Jichud/Einung aufgetragen, dass die Welt nur noch Gottes Welt und die Menschen – abgesehen von der Sonderstellung Israels – allesamt

Gottes Volk sind? – Es ist der Chassid[93] als der Fromme. Frömmigkeit hat freilich viele Gesichter. Da das hebräische Grundwort umfassender angelegt ist als die dem religiösen, im engeren Sinn vorbehaltene Vokabel „fromm", hat Buber „Chassid" und „Chassidut" verdeutscht durch die Wendung: „Gott in der Welt lieben." So gesehen handelt es sich nicht um eine asketisch-verzichtende, sondern um eine liebend-bejahende Frömmigkeit. Sie empfängt ihr Richtmaß aus der Heiligen Schrift der Hebräischen Bibel(Tora), wo immer sie vom Menschen spricht, der nach dem Willen und der Weisung Gottes lebt. Das Urbild des Frommen und der Frömmigkeit ist im Grunde Gott selbst. Psalm 145, 17 nach Bubers „Preisungen": „Wahrhaftig ist ER, ein Aufreckender allen Gebückten."

Auf den ersten Blick scheint der Fromme der zu sein, der die göttlichen Gebote erfüllt, so wie die Tora es befiehlt. Doch eben diese Erfüllung, die sich auf eine veräußerlichte Normerfüllung beschränkt, ist dem Chassiden nicht genug. Fromm nennt man ihn nicht wegen der Einhaltung der allgemeinverbindlichen Gebote (Mizwot), sondern weil er mit dem Willen Gottes so sehr eins werden soll, dass für ihn die Weisung aufhört, eine nur von außen herantretende Forderung zu sein, hinter deren Beachtung oder Nichtbeachtung Lohn oder Strafen stehen. Es ist die „Freude am Herrn", die ihn belebt und erstarken lässt. So ist der Chassid – hier allgemein verstanden und nicht auf den ostjüdischen begrenzt –

der radikale Jude, der, nachdem er seiner Bestimmung zu folgen sucht, ins Extrem geht [...] Die Natur dieses Extremismus ist im Grunde immer dieselbe. Der Fromme tut nicht das Verlangte und Geforderte, sondern das Ungeforderte, und auch wo er einer Forderung des Gesetzes

nachzukommen sucht, tut er es mit solchem Radikalismus
des Überschwangs und der Subtilität, dass sich ihm in
der Vollziehung des nüchtern Gebotenen eine ganze Welt
offenbart, für die ein Leben gerade ausreichen würde, ein
Gebot richtig zu erfüllen. Solche „richtige" Erfüllung im
chassidischen Sinne ist ein Charisma, und so ist es denn
in der Tat, dass die jüdische Tradition den Frommen (als
Charismatiker) auszeichnet."94

Diese von Gershom Scholem gegebenen Charakteristik entspricht dem Idealtypus des Frommen, dem wir im Umkeis des
Baal-Schem begegnen. Zum biblischen Urbild dessen, der den
Bund mit Gott hält, der deshalb in seiner Huld und Gnade
steht, wiewohl er diese nicht verdienen kann, tritt das Bild des
Chassiden, wie es im Mittelalter und schon früher seine Ausprägung gefunden hat. Wenngleich von jenen deutschen Chassidim des Mittelalters keine historischen Verbindungslinien
zu den Chassidim des 18. Jahrhunderts in den Ostgebieten
führen, so ist doch aufschlußreich, was Chaim Vital (1542 –
1620), ein Hauptvertreter der lurianischen Kabbala, als Tages-
lauf eines solchen Frommen – ebenfalls idealtypisch – darstellt,
indem er seine Schilderung in eine spirituelle Anweisung kleidet:

Und nun, mein Sohn, höre auf meine Stimme! O Israel,
bereite dich auf deinen Gott vor! In jeder Nacht, bevor du
schlafen gehst, bedenke, dass dieser kleine Tod dich erinnern
soll an den großen und wahren Tod, und betrachte alle die
Werke, die du an dem vergangenen Tage verrichtet hast!
Die schlechten bekenne, wie die Sterbenden vor dem Tode
ein Bekenntnis ihrer Schuld ablegen! Nimm auf dich das

Joch des Gottesreiches, indem du, wenn du das „Höre Israel (Sch'ma Jisrael)!" aussprichst, deine Seele nach oben steigen lässt [...]

Dann übergib deinen Geist in Seine Hand, als ob du wirklich am Sterben wärest. – Und beim Aufsteigen der Morgenöte laufe ihr, der Schechina, in ihr Bethaus entgegen. Denn sie erschien dort schon vor dir, um deinem Gebete zu lauschen, durch das sie von ihrem Falle aufgerichtet werden soll, um wieder nach Zion zurückzukehren [...]

Nachdem du gebetest hast, geh hin und gib dich mit dem Worte Gottes ab! Dann verzehre dein Mahl, Brot mit Salz und Wasser nach Maß. Denn der Fromme isst nur, um seine Seele erhalten zu können, damit er imstande sei, Gott anzubeten. Steh in Furcht und Zittern bei deinem Tische, denn er ist wie ein Altar [...]

Beginne dann dein Tagewerk in Treue! Hüte dich vor Zorn und Hochmut, vergilt nicht Böses mit Bösem. Vergib denen, die dich kränken, und trage keinen Groll in deinem Herzen, denn eigentlich ist es gut für dich, dass dir Leid zugefügt wird. Dadurch wächst du innerlich [...]

Empfange jeden Menschen in Freuden, auch deinen Feind, denn dadurch wird er dir zum Freund. Entferne Traurigkeit und Sorgen aus deinem Herzen, denn diese stören den Geist der Heiligkeit."[95]

Auch bezüglich der spirituellen Übung gibt es für den frommen Mystiker besondere Anweisungen, will er in den tiefsten Seelengrund hinabsteigen oder sich zur Schau des göttlichen Thronwagens (Merkaba) erheben, von der der alttestamentliche Prophet Hesekiel (Ezechiel) in seinem 1. Kapitel berichtet. Chaim Vital fährt in seiner Schilderung fort:

Wenn alle Vorbereitungen getroffen sind und der Mensch durch reine Gesinnung und Liebe zu Gott und den Menschen den heiligen Geist empfangen soll, gehe er in sein Kämmerlein – am besten um Mitternacht –, schließe seine Augen, wende seine Gedanken von den Dingen dieser Welt ab und versetze sich in eine Stimmung, als ob er tot wäre. Dann nehme er all seine inneren Kräfte zusammen, vertiefe sich in die höhere Welt, und er male sich diese höheren Welten so lebhaft (vor Augen), dass ihm wirklich zu Mute wird, als ob er darin wäre. Wenn ihm das zuerst nicht gelingt, so verzweifle er nicht, sondern versuche es wieder in Heiligkeit. Dann wird der Geist über ihn kommen. Und wenn er über ihn gekommen ist, gehe er in sich und prüfe genau, ob er vielleicht noch nicht ganz rein sei und der Geist von der ‚anderen Seite‘ stamme. Die Hauptsache ist die völlige Ausscheidung der Sinnlichkeit und die Anhänglichkeit an die oberen Welten.[96]

Diese Sätze beziehen sich, wie man sieht, auf eine gewisse Stufe der meditativen Praxis. Im Mittelpunkt steht das, was imaginiert, das heißt in bildhafter Form vorgestellt werden soll. Wir haben es also mit einer Vorstufe zum Eigentlichen zu tun. Denn es bewegt sich der Meditierende bereits auf einer übersinnlichen Ebene, aber noch sind es die Gedankenbilder, die er in seine Vorstellung hineinnimmt, um sich mit deren spirituellen Gehalten zu verbinden. In einem weiteren Anlauf müssen sie ausgelöscht werden, um ein gleichsam „leeres Bewusstsein" herzustellen, mit dem die Inspirationen (d. h. innere Gehörwahrnehmungen) aus der geistigen Welt empfangen werden können Das mag gemäß dem alttestamentlichen Wort geschehen: „Rede, Herr, denn dein Knecht hört!" (I. Sam 3, 9).

Hitlahawut – das Entbrennen

Sicher gibt es, wie die Religionsgeschichte zeigt, verschiedene Wege, die an die göttlich-geistige Welt heranführen, wiewohl es trotz allen Bemühens nicht in der Macht des Menschen steht, dort Einlass zu gewinnen. Was nun die chassidische Praxis anlangt, so ergibt sich aus dem bisher Gesagten, wie wichtig hierfür emotional-gefühlsmäße Antriebskräfte sind, um einen Seelenaufschwung zu erzielen. Enthusiastischer Tanz und Gesang, auch das immer wieder zu beobachtende rhythmische Vorwärtsbeugen beim Gebet der Juden drücken die Beteiligung des ganzen Menschen als ein Sichhinbewegen und Sichanschmiegen aus. Der Chassid lebt vor allem aus der Kraft der Begeisterung. Es entspricht einem inneren Entbrennen aller Seelenkräfte, „Hitlahawut" genannt. Gershom Scholem weist darauf hin, dass dieses „Aufflammen der Ekstase", eines der wenigen Begriffe sei, die die religiöse Sprache des Chassidismus geschaffen habe.[97]

Das will heißen: Derjenige, dem es aufgetragen ist, die in den Dingen enthaltenen göttlichen Funken zu erheben, um sie in die oberen Sphären zurückzuführen, der darf nicht in einer „kühlen" Gedanklichkeit verharren, wie sie etwa einer theologischen Reflexion der Gebote und Weisungen entspräche. Er muss viel mehr in sich selbst eine dafür entsprechende Verfassung des Entflammtseins erzeugen, um wirksam zu sein und Gott mit ganzem Herzen zu dienen (I. Chronik 28, 9). Folgen wir den Schilderungen, wie Martin Buber die fromme Hingabe in der chassidischen Mystik beschreibt, dann ergibt sich folgendes Bild:

Hitlahawut erschließt dem Leben seinen Sinn. Ohne sie hat auch der Himmel keinen Sinn und kein Wesen. Wenn ein Mensch die ganze Lehre und alle Gebote erfüllt hat, aber die Wonne und das Entbrennen hat er nicht gehabt: wenn der stirbt und hinübergeht, öffnet man ihm das Paradies, aber weil er in der Welt die Wonne nicht gefühlt hat, fühlt er auch die Wonne des Paradieses nicht. Allerorten und allzeit kann Hitlahawut erscheinen. Jede Stunde ist ihr Schemel und jede Tat ihre Thronlehne [...] Ewig neu ist dem Inbrünstigen das Allgewohnte."[98]

Von einem Zaddik weiß Buber zu erzählen, der immer dann in den Zustand von Hitlahawut geriet, wenn bei der Schriftlesung die Worte kamen: „Und Gott sprach ..." Da ergriff ihn der Geist, als spräche der Allheilige in eben diesem Augenblick. Denn da wurde für ihn nicht von einer fernen Sache berichtet, über die sich reden lässt; da geriet er in einen ekstatischen Zustand, der seine Seele ergriff und in die oberen Sphären emporriss. Ein anderer chassidischer Meister, der dies seinem Schüler erzählte, fügte hinzu: „Ich meine, wenn einer in Wahrheit redet und einer die Wahrheit empfängt, dann ist es genug an seinem Worte, die ganze Welt zu erheben und die ganze Welt zu entsühnen." So vermag nur jemand zu sprechen, der dieses Ergriffensein an sich selber erfahren hat und immer wieder erfährt, denn nur so ist Authentizität hergestellt und geistliche Vollmacht erwirkt.

Dieser ekstatische Zustand entspricht dem Zustand eines spontanen Ergriffenseins, der auch in der christlichen Mystik als „Raptus" bekannt ist. Da mag man sich eines Geständnisses der Philosophin Simone Weil (1907 – 1943), einer französischen Jüdin, erinnern. Sie war ihrer eigenen religiösen Tradition entfremdet und neigte sich dem Christentum zu. Beim Beten des Vaterunsers im griechischen Urtext überkam sie ein geistliches Außersichsein, sodass sie sagen musste: „Mitunter reißen schon die ersten Worte meinen Geist aus meinem Leibe und versetzen ihn an einen Ort außerhalb des Raumes, wo es weder eine Perspektive noch einen Blickpunkt gibt."[99]

So wird da wie dort eine Unmittelbarkeit der Selbsttranszendenz beschworen. Der Mensch wird der Gegenwart des göttlichen Geistes – der Geistesgegenwart – gewahr. Der Inbrünstige, es sei Mann oder Frau, wird im Sinne von Sören Kierkegard „gleichzeitig"; er oder sie wird gleichzeitig mit dem, was war, was ist und was sein wird. In einem Nu wird der „garstige Graben" historischer Distanz übersprungen und es ist das gegenwärtig, wovon beispielsweise die heiligen Schriften oder eine anrührende chassidische Erzählung Zeugnis ablegen. Durch die Kraft von Hitlahawut füllt sich das Jetzt und das Hier des gegenwärtigen Augenblicks mit unerhörter, unermesslicher Gegenwärtigkeit. Es ist gleichsam der Atemraum der göttlichen Schechina oder der Einwohnung Gottes unter den Menschen betreten.

Nimmt es da Wunder, wenn der Chassid und mit ihm die von Geist Ergriffenen, wo immer sie leben mögen, in Bewegung geraten und bis in die physische Leiblichkeit hinein „Erweckte" werden? So heißt es von einem, dem es so erging und von dem eine Wirkung ausstrahlte, so dass eine verwandelnde Kraft sie anrührte: „Sein Fuß war leicht wie eines vierjährigen Kindes. Und alle, die sein heiliges Tanzen sahen – da war nicht einer, in dem sich nicht die heilige Umkehr vollzog, denn er wirkte im Herzen aller, die es sahen, beide, Weinen und Wonne, in einem."

Kawwana – Intention

Jichud, Einung Gottes mit der Schechina herbeiführen zu helfen, das heißt mit seiner welteinwohnenden Herrlichkeit in Kontakt kommen, ist dem Menschen aufgetragen als sein eigentliches Menschenwerk. Der Gottbegeisterte vermag dieses Werk nur zu vollbringen durch „Kawwana", Intention und Konzentration, das heißt durch die Anspannung aller Seelen- und Geisteskräfte im Gebet. Anders können die „Funken" nicht aus ihren Verschalungen in den Dingen herausgelöst und auf diese Weise „erlöst" werden.

Auch hier benützt der Chassidismus in freier Weise kabbalistisches Gedankengut. Es sind Erfahrungen eines hingebungsvollen mystischen Betens, in dem der Beter sich ihm zugehörig an Gott „anschmiegt." Und das geschieht bis in die hinneigende Körperbewegung hinein, das heißt, dass das leibhafte Mitschwingen zur geistig-seelischen Verfassung dazu gehört. Schon die Kabbala des späten Mittelalters kennt ein ganzes System von Kawwanot.

Wer Gutes erstrebt, sucht den Willen", heißt es in einem mystischen Traktat aus dem späten 13. Jahrhundert in Anspielung auf eine Stelle in den Sprüchen Salomonis: „Denn soweit sein Wille an einem Gegenstand haftet, der dem oberen Willen entspricht, kleidet sich der Antrieb (des göttlichen Willens) in ihn und zieht sich, so wie (der Intendierende) will, zu dem beliebigen Gegenstand hin, um den er sich mit der Kraft seiner Kawwana anstrengt [...]

92

*Und in dem Maß, wie er sich mit dem Geist (Pneuma)
bekleidet und seine Kawwana durch seine Worte erläutert
und (ihr) durch seine Handlungen ein Denkmal setzt,
zieht er den Ausfluss von Stufe zu Stufe und von Ursache
zu Ursache, bis seine Handlungen im Sinn seines Willens
beendet werden."[100]*

„Kawwana" ist das Mysterium der auf ein Ziel gerichteten
Seele", erläutert Buber. Die freie Anwendung von Kawwana
bestehe darin, dass sich der Chassid nicht an ein vorgegebenes
Schema halten müsse. Seine konzentrative Einstellung hat sich
auch nicht nach erlernbaren Normen zu richten. Er ist frei für
das, was sich spontan ergibt. Der Baal-Schem sagt deshalb einmal: „Wer in seinem Gebet alle Kawwanot anwendet, die er
kennt, der wirkt eben nur, was er kennt. Wer aber das Wort
in großer Verbundenheit spricht, dem geht in jedes Worte alle
Kawwana von selber ein."

Buber, dem es darum geht, das Spontane, das Ursprüngliche, das dem Beter Eigene hervortreten zu lassen, kommen-
tiert:

*Wer eine Mizwa (religiöses Gebot) mit vollkommmener
Kawwana tut, das heißt, wer die Handlung so vollzieht, dass
er sein ganzes Dasein in ihr sammelt und in ihr auf Gott
richtet, wirkt an der Heiligung der Welt, an ihrer Eroberung
für Gott [...] Gott will, dass alles geheiligt werde, bis in der
messianischen Zeit keine Scheidung mehr zwischen Heilig
und Profan besteht, weil alles heilig geworden ist."[101]*

*Nicht dadurch, dass der Mensch irgendeine Handlung mit
einer vorgewussten mystischen Methodik begleitet, sondern
dadurch, dass er diese Handlung mit der auf Gott gerichteten*

Ganzheit seines Wesens vollbringt, übt er in Wahrheit Kawwana [...] Alles wird geheiligt, eingeheiligt werden, alles Weltliche in seiner Weltlichkeit: es will nicht entweltlicht, es will in seiner Weltlichkeit in die Kawwana der Erlösung eingeheiligt werden – alles will Sakrament werden.[102]

Wichtig sei nicht das irgendwie Erlernbare oder das einem Ritus Folgende, das Inszenierbare, das man sich gemäß einer bestimmten Norm vornimmt. Es komme auf die ungeteilte Hingabe an das noch Unbekannte an. Der Sinn aller Kunst der Kawwanot liege darin, sein Herz auf Gott zu richten. Das müsse genügen. Daraus wird deutlich, dass nach Bubers Verständnis selbst jede Art einer besonderen spirituellen Schulung zu vermeiden sei. Und weil mit jeder Handlung der Mensch an der Erlösung der göttlichen Schechina mitarbeiten könne und solle, kommt es die volle Hingabe an Gott das Entscheidende an, ganz gleich welche Arbeit gerade zu tun sei. Gemeint ist die „auf das Eine, das not tut" gerichtete, eine besonnene „Einfalt", von der beispielsweise Matthias Claudius in Lied singt: „Lass uns einfältig werden!." Das Gegenteil der hierbei gemeinten Einfalt ist die richtungslose Zwiespältigkeit und Zerfahrenheit, eine Schizophrenie des Herzens wie des Denkens, die geeignet wäre, das Glauben, Denken und Vollbringen des Menschen auseinanderzureißen.

Die hier aufgeführten Kennzeichen des chassidischen Weges und Ziels hat der ursprüngliche Chassidismus, am wenigsten ihr Stifter selbst, weder definiert noch autoritativ angeordnet. Die Bedeutung des Baal-Schem ist eben nicht die eines Thoretikers oder Lehrmeisters. Was aus ihm und aus dem Mund seiner Schüler spricht, mehr noch: was ihr beispielhaftes Tun und Leben beherrscht, hat Zeugnischarakter. Es entstammt nicht einer dozierenden Ratio, sondern tieferen Schichten der Person und des Bewusstseins. Das eher Zufällige, Unwillkürliche, jeglicher Machbarkeit Enthobene, das in unvorhersebarer Spontaneität in Erscheinungen, lässt an „Gestaltungen eines Unbewussten" (C. G. Jung) denken. Von einem detailliert zu beschreibenden Schulungsweg kann jedenfalls nicht die Rede sein.

Es ist immerhin erstaunlich, dass Rabbi Dow Bär, der Maggid von Mesritsch und einer der wichtigsten aus dem Kreis der unmittelbaren Jünger des Bescht, Bewusstes (Sechel) und Unbewusstes (kadmut ha-sechel) offensichtlich klar zu unterscheiden vermochte. In Übereinstimmung mit Gershom Scholem hat Siegmund Hurwitz, ein Tiefenpsychologe aus der Schule C. G. Jungs, diesen Tatbestand psychologisch untersucht und interpretiert.[103] Aus jenen Seelentiefen heraus, in denen der Mensch unbewussten Anteil hat an den archetypischen Bildern und Potenzen der transpersonalen Psyche hat, lebte offensichtlich auch der Stifter des Chassidismus. Damit ist auf den mystischen und charismatischen Zusammenhang hingewiesen, in dem die Impulse Beschts und der Seinen zu sehen sind. Mit anderen Worten: Das kabbalistische Symbol und die damit verbundenen Grundvorstellungen korrespondieren mit der tiefenpsychologischen Begrifflichkeit. Nicht zufällig entsprechen die Sefirot sowohl Sphären der oberen Welt als auch Strukturen der menschlichen Wesenheit.[104]

Der Zaddik

Wiewohl es einem jeden Menschen, einem jeden Frommen aufgetragen ist, an Tikkun, dem universalen Erlösungsprozess, mitwirkend teilzunehmen, sind die Fähigkeiten des Einzelnen verständlicherweise begrenzt. Jedenfalls sind hinsichtlich der spirituellen Kompetenz Unterschiede zu machen. Die Chassidut als Inbegriff der wahren Frömmigkeit kennt graduelle Unterschiede der Verwirklichung. Denn, so schreibt Simon Dubnow:

> *Wer sich würdig erweise, die höchste dieser Stufen zu erreichen, der verdiene „Zaddik" oder Gerechter genannt zu werden. Da nicht jedermann würdig sei, die geistige Berührung mit dem Urquell der Schöpfung zu treten, sei der Zaddik dazu bestimmt, ein Bindeglied zwischen der oberen und unteren Welt zu sein. ‚Die Wiederaufrichtung der Bußfertigen – pflegte der Bescht zu sagen – geschieht durch die großen Männer der jeweiligen Generation' durch den Zaddik, an dessen Werken, Torastudium und Gebeten der Herr, gelobt sei sein Name, Wohlgefallen findet.*"[105]

Ein solcher als „heilig" Geachteter muss jedoch nicht in jedem Fall durch moralische Vollkommenheit ausgezeichnet sein, wie man dies beispielsweise nach christlicher Auffassung verlangt. Das ist das Eine. Und doch besteht ein charakteristischer Unterschied in der Menge der Chassidim, weil es allein der Zaddik ist, der der der Gemeinde der leitungs- und hilfsbedürftigen Chassidim führend vorangeht. Ihm soll man Vertrauen schenken. Das ergibt sich nicht zuletzt aufgrund der Tatsache, dass man vom Zaddik Fürsprache vor Gott und gegebenenfalls auch ein Wunderwirken erwarten kann. Auch soll der Bescht gesagt haben, wer durch die Erzählungen die Zaddikim trotz allerlei Übertreibungen verherrliche, „beschäftigt sich gleichsam mit den höchsten theosophischen Spekulationen."[106] Hier ist wieder das Motiv des Erzählens, das hervortritt, wenn man sich in die Erzählungen der Chassidim vertieft, die oft vom Leben und von der Frommigkeitspraxis der Zaddikim berichten.

Der Zaddik, als Verkörperung des Gerechtseins, wurde schlechthin zum Garanten für Chassidut. Debekut, Jichud, Hitlahawut, Kawwana und ähnliche Grundhaltungen chassidischer Religiosität erhielten durch ihn die beispielgebende menschliche Repräsentanz der Gottesnähe. Gestützt auf richtungsweisende Worte der Überlieferung nahm die Rolle des Zaddik kennzeichnende Konturen an. So heißt es in den Sprüchen Salomonis (10, 26): „Der Gerechte ist der Grund der Welt." Und ein talmudisches Wort sagt: „Auf der Säule steht die Welt, und ihr Name ist Gerechter."

Im kabbalistischen Sefirot-Baum, hat dieser Gerechte seinen besonderen Platz, nämlich als neunte, als männlich verstandene Sefira „Jessod." Sie steht oberhalb der zehnten, weiblichen Sefira „Malchut/das Reich." Es ist zugleich die die Gotteseinwohnung gewährleistende „Schechina." Damit sei nur angedeutet, dass es sich hier um das Mysterium der Heiligen Hochzeit (griech. *hieros gamos,* hebr. *ziwwuga kaddischa*) des heiligen Königs mit seiner Königin[107] handelt. Der als „Säule" der Welt vorgestellte „Gerechte" wird (am Adam Kadmon des Sefirotbaums) durch den Phallus symbolisiert. Jessod und Malchut stehen somit „strikt als Urbild der sexuellen Vereinigung im kreatürlichen Bereich [...] Die Heiligkeit der Zeugung als eines echten Mysteriums, wenn sie sich in den Grenzen der sakralen Ordnungen vollzieht, wird im Sohar immer wieder ausdrücklich mit dem Hinweis auf diesen Vorgang des *hieros gamos* im Bereich der Sefirot begründet. Nur wo diese Grenzen verlassen werden, verfällt der sexuelle Bereich dem Unheiligen [...]"[108]

Und wenn schon davon die Rede war, dass der Chassid das Urbild des Menschen unter Gott darstelle, so wächst dem Zaddik im ostjüdischen Chassidismus eine neue Bedeutung zu, denn: „Das Bild des wirklichen Chassid und des wirklichen Zaddik im Sinne der alten Definition fließt in der neuen Figur des chassidischen Zaddik zusammen."[109] „Der Zaddik und der Chassid stellen Idealtypen dar, die nicht aus ihrem Verhältnis zum Verständnis der Tora, sondern aus ihrem Verhältnis zu deren Vollzug definiert werden."[110]

Mit anderen Worten: Der Zaddik wird zu einer „notwendigen Institution des chassidischen Lebens [...] Der chassidische Zaddik ist der Erbe aller Bestimmungen, die der Talmud vom Gerechten zu geben weiß, von der einfachsten bis zur überschwänglichsten, und er ist zugleich der Erbe solcher Bestimmungen über den Chassid."[111]

Vor uns steht das Bild eines pneumatischen Führers, der viel mehr ist als nur ein Lehrer im herkömmlichen Wortsinn, mehr als ein Guru, ein Prediger oder Priester. Alle diese Bezeichnungen reichen nicht hin, um die mehrdimensionale spirituelle Autorität des Zaddik in ihrem Gesamtumfang und in ihrer Lebensnähe zu charakterisieren. Martin Buber betont daher: „Der Zaddik ist nicht ein Priester oder Mensch, der ein einst vollzogenes Heilswerk in sich erneut oder seinem Geschlecht übermittelt, sondern der Mensch, der der allmenschlichen, allzeitlichen Heilsaufgabe gesammelter als die anderen zugewandt ist, dessen Kräfte geläutert und gereinigt sich auf das eine Obliegende richten."[112]

Wohl fragen die Chassidim ihren Zaddik um Rat, wohl fragen sie ihn nach dem Sinn dunkler Schriftworte; wichtiger als das geredete Wort ist für sie allemal das, was sie bis in die Gestik und die Gebärden hinein an ihm wahrnehmen. Nur so ist zu begreifen, dass einer nicht nur theologische Unterweisung sucht, auch wenn sich der Befragte als spiritueller Meister erweist. Vielmehr brennt der Fragende geradezu darauf zu erleben, wie dieser Meister die allereinfachste tägliche Verrichtung ausübt, etwa wie er – der Maggid Dow Bär von Mesritsch – sich die Filzstiefel schnürt.

„Weihe des Alltags", hat Buber diesen Zug genannt, der am alltäglichen Leben und am Umgang mit den Dingen abzulesen ist. Und wenn ein Rebbe seinen Sohn fragte, womit er eigentlich bete, und der irrtümerlicherweise eine bestimmte Gebetsformel verstand, so zeigte sich, dass etwas sehr viel Konkreteres gemeint war, denn „dann fragte er den Vater: ‚Und womit betest du?' Er sprach: ‚Mit der Diele und mit der Bank'."[113]

Und es sind Vergleiche möglich, denn auch in der Eckhartschen Mystik ist der „Lebemeister" dem als theologischer Lehrer tätigen „Lesemeister" vorgeordnet. Andererseits fehlt es nicht an Anlässen für kritische Rückfragen. Etwa, gefährdet eine derart starke Autorität einer spirituellen Führerpersönlichkeit nicht die spirituelle Mündigkeit des Einzelnen und der Gefolgschaft in ihrer Gesamtheit?

Und was, wenn eben diese hohe Einschätzung der Zaddikim unversehens zu einem fragwürdigen „Zaddikismus" führt? Tatsächlich konnten derartige Niedergangserscheinungen nicht ausbleiben! Andererseits ist die Zeichenhaftigkeit und die Signalwirkung der Funktion in seiner ursprünglichen und ideellen Gestalt – etwa in der Einschätzung durch Martin Buber – nicht gering zu schätzen:

Ich meine den wahren Zaddik. Das ist der Mensch, der die Tiefe der Verantwortung allstündlich mit dem Senkblei seines Wortes misst [...]

So ist er der Helfer im Geist, der Lehrer des Weltsinns, der Führer zu den göttlichen Funken. Um ihn, um den vollkommenen Menschen, um den wahrhaften Helfer ist es der Welt zu tun; ihm harrt sie entgegen, harrt sie immer wieder entgegen.[114]

In der Nachfolge des Baal-Schem-Tow

Geistige Bewegungen lassen sich unter Wahrung ihrer ursprünglichen Intensität und Lebendigkeit nicht beliebig fortpflanzen. Auf einst erlangte spirituelle und religiöse Erfahrungen lässt sich wohl verweisen. Aber man kann sie nicht willkürlich weitergeben, so wie man mit einem materiellen Wert verfährt, der Nachgeborenen übermittelt werden soll. Die sonst übliche Erbfolgeordnung versagt im geistig-religiösen Bereich ebenso wie der Versuch, für spätere Zeiten so etwas wie eine institutionell fundierte spirituelle Sukzession zu begründen. Der Charismatiker ist an seine Zeit und an das ihm gemäße Wirken gebunden. Jede Nachahmung verfälscht das Ursprüngliche. So wie jede Erkenntnis immer von neuem errungen werden muss, ist auch die Gottesliebe auf das jeweils spontane Innewerden angewiesen.

Als Rabbi Israel ben Elieser 1760 gestorben war, hinterließ er zwar einen religiös mündigen Sohn: Zwi, und eine Tochter: Adel. Aber keiner von beiden war in der Lage, die begonnene Tradition in richtungweisender Form unmittelbar fortzusetzen. Auch Beschts Schwiegersohn war nicht fähig, das Begonnene vollmächtig fortzuführen. Erst dem in Miedzyborz geborenen Enkel Baruch, einem Sohn der Adel, vor allem dem Urenkel, Rabbi Nachman von Bratzlaw, war es gegeben, das eigene Charisma verwirklichend, im Geiste des Baal-Schem zu arbeiten. So blieb es vor allem den unmittelbaren Schülern des Bescht bestimmt, sich der geistigen Hinterlassenschaft ihres Lehrers anzunehmen und in eigener Initiative, unter Dreingabe des individuellen Charisma weiterzuführen. Aus der anfänglich kleinen Schar beginnen sich Gemeindegruppen, später Gemeinden und schließlich eine zahlenstarke Voksbewegung zu bilden, die sich über Podolien und Wohlhynien hinaus, im Norden bis nach Litauen, im Westen bis nach Ungarn ausbreitete. Als Kerngebiet der Chassidim, das sich in der zweiten Hälfte des 18. und des beginnenden 19. Jahrhunderts noch ausgedehnt hat, lässt sich für die Anfangszeit der Raum beschreiben, in dem die Städte Lodz und Warschau im Nordwesten, Czernowitz im Süden und Kiew im Osten liegen.

Und wurden die einzelnen chassidischen Gruppen zu Lebzeiten ihres führenden Rabbi, dem Rebbe – auch Zaddik (Gerechter) genannt – bei ihren orthodoxen beziehungsweise als orthodox sich verstehenden Glaubensgenossen geduldet, so setzten bald innerjüdische Verfolgungen ein. Bannsprüche wurden über die angeblichen Schwärmer und Ketzer verhängt.

Nicht selten kam es eines Tages zu ähnlichen Auseinandersetzungen innerhalb der chassidischen Bewegung, als konkurrierende Führerpersönlichkeiten (Zaddikim) von sich reden machten, war man doch bestrebt, die spirituelle Kompetenz des eigenen Meisters allen anderen vorzuziehen. Um 1772, also zwölf Jahre nach Baal-Schems Tod, erreichten diese Spannungen unter den Chassidim ihren Höhepunkt. Es war die Zeit, als die Mitglieder der Gemeinschaft in Wilna, einst das „Jerusalem Litauens" genannt, und in Brody aus der Synagogengemeinschaft ausgeschlossen wurden.

Den Chassidim widerfuhr, was den angeblichen Häretikern im Laufe der Kirchengeschichte durch die Ketzerrichter immer wieder geschah: Man verbrannte beispielsweise ihre Bücher und diffamierte deren Autoren. Doch nicht im Buch lebt die chassidische Seele! Sie selbst, in denen der Funke entfacht worden ist, sind einem Feuerbrand vergleichbar, und zwar solange sie die enthusiasmierten Frommen dem Ursprungsimpuls ihres

Begründers treu geblieben sind. Wir hören von einigen Mitarbeitern, den „Genossen", des Baal-Schem in Miedzyborz. Unter ihnen finden sich Rabbi Zwi, der als Schreiber dient; wir hören von Rabbi Jakob Josef Kohen, dem es obliegt, die Predigten und Aussprüche des Meisters aufzuzeichnen; Rabbi Jehuda Loeb aus Lonoje fungiert selbst als Prediger. Hinzu kommen weitere Anhänger, die mitunter anfangs dem Bescht widerstanden haben, unter ihnen selbst einige Talmudgelehrte.

Der Maggid Dow Bär von Mesritsch

Der wichtigste dieser „Genossen" aber ist zweifellos der Maggid (Wanderprediger) Dow Bär Friedmann von Mesritsch oder Miedzyrzecz (um 1710 – 1772), ein Mann der Gelehrsamkeit, vor allem ein Kenner kabbalistischer Geheimnisse. Seine Hinwendung zum Baal-Schem war für die werdende Bewegung von großer Bedeutung, wiewohl er – ungleich dem Baal-Schem – nicht jene Nähe zum Volk hatte. Seine charismatische Begabung war anderer Art. So wird erzählt, wie die Ratlosigkeit der Jünger an das Ohr des Meisters drang. Man fragte sich, wer nach dessen Tod der Nachfolger werden solle. Der Bescht gab zur Antwort: „Wer euch Auskunft gibt, wie man die Eigenschaft des Stolzes bricht, soll euer Haupt sein."

Als aber der Gründervater gestorben war, fragten sie Rabbi Bär von Mesritsch als ersten, wie der Stolz zu brechen sei. Er antwortete, dass die Eigenschaft des Stolzes Gott angehöre, wie es geschrieben stehe: „Der Herr ist König, in Stolz hat er sich gekleidet!" Darum gebe es keinen Rat, diese Eigenschaft zu brechen, sondern man müsse alle Tage des Lebens mit ihr ringen. Da wussten die Gefährten, dass kein anderer als er würdig genug war, als Nachfolger ausgerufen zu werden.

Was immer das ausschlaggebende Motiv seiner Hochschätzung war, – er „gilt als Nachfolger des Baal-Schem-Tow und eigentlicher Begründer der chassidischen Bewegung, für die der Baal-Schem-Tow als zentrale Identifikationsfigur nur der Vorläufer war."[115]

Ein Kranz von Legenden und anekdotischen Erzählungen rankt sich um das Tun des vom Bescht neu gekürten Meisters. Eine dieser Erzählungen setzt schon beim fünfjährigen Knaben an, der erlebt, wie im Haus seines Vaters ein Brand ausbrach.

Wie er nun seine Mutter jammern hörte, fragte er sie: „Mutter, müssen wir uns denn so grämen, weil wir ein Haus verlieren?" – „Nicht ums Haus klage ich", sagte sie, „sondern um unsern Stammbaum, der verbrannt ist. Er fängt mit Rabbi Jochanan, dem Sandalenmacher, dem Meister des Talmuds, an." – „Nun, was macht das aus?" rief der Knabe, „ich will dir einen neuen Stammbaum verschaffen, der mit mir anfängt."[116]

Und das ihm zur Zeit seiner Berufung zugemessene Charisma bestand darin, die zur Lehre erhobene Beispielhaftigkeit des gelebten Lebens durch das Wort auszurichten oder zumindest zu bekräftigen. Damit ist aber offensichtlich nicht ein rabbinisches oder theologisches Dozieren gemeint, obwohl ihm das dazu gehörige Wissen reichlich zu Gebote stand. Namentlich mit den oft gewundenen Wort-Praktiken der Kabbala war er vertraut. Dies geht aus verschiedenen Äußerungen hervor, die ihm zugeschrieben werden. Danach beschreibt der Maggid einmal seinen Schülern, was die beste Art sei zu lehren: Man solle sich selber gar nicht mehr fühlen, nicht mehr sein als ein Ohr, das hört, was die Welt des Wortes in einem redet. Sowie man aber die eigene Rede zu hören beginnt, breche man ab.

Damit ist mit aller Deutlichkeit zum Ausdruck gebracht, worin das Wesentliche aller spiritueller Wirksamkeit liegt: Aus tieferen Schichten als aus dem, was die eigene egozentrierte Ratio erdacht hat und die eigene Intention bewirken möchte, muss das Wort geschöpft werden, soll ihm Vollmacht beschieden sein. Die ungeteilte Aufmerksamkeit (Kawwana) sei ganz nach innen gerichtet. Spirituelles Verkündigen erschöpft sich ohnehin nicht in effektiver Rede, um vor anderen zu prunken, sondern in einem vernehmenden Schweigen. Nicht das Ich ists, das sich da verlauten lässt; Es ists, Er ist es, der redet!

Und um diesem Wort der Verkündigung und Lehre jene ganzheitliche Note zu verleihen, die weit über das hinausgeht, was lediglich einem Bücherwissen entspricht, das geht aus einer Äußerung von Rabbi Arie Leib (Löb), einem Schüler des Maggid, hervor, der gesagt haben soll, er sei nicht zum Maggid von Mesritsch gegangen, um Auslegungen der Tora zu erlernen, sondern um zu sehen, wie er die Schuhe schnürt und die Schuhe auszieht.

Recht verstanden ist Chassidut, die man beim Maggid, dem Prediger, lernen und durch ihn erfahren konnte, somit nicht ein rationales Erörtern oder ein theologisch-formales Bescheidgeben, sondern eine Existenzmitteilung. Sie hat ihren „Sitz im Leben." Dort erfährt man von ihr. Um ihretwillen geht man zu einem Zaddik, weil sie Gewähr zu geben scheint, etwas von den heiligen Funken zu empfangen und am Leben der Chassiduth teilzunehmen. Allein darin besteht das Meistersein eines Rebbe. Die Tora Gottes gilt es in allem Reden und Schweigen, in allem Tun und Erleiden manifest werden zu lassen, nicht allein im Studium der Überlieferung, wenngleich das Wort der Schrift gemäß dem ersten Psalm nicht zu vernachlässigen ist. Vielmehr ist die göttliche Weisung „bei Tag und bei Nacht" rezitierend, das heißt laut betend zu vollziehen. Simon Dubnow hat uns eine Reihe von Leitworten des Mesritscher Maggid übermittelt, etwa:

Die Kraft des Wirkenden ist im Gewirkten, und alles zusammen ist einfache Einheit.

Der Zweck der Erschaffung des Menschen ist der, dass er die Welten zu ihrer (oberen) Wurzel erhebe, das heißt sie durch Lernen, Beten und gute Werke wieder so herrlich mache wie am ersten Tag, und sie erneut an ihn, gelobt sei sein Name, hefte.

Hohe Einschätzung erfährt die Familie als Ort des Gottesdienstes; und dazu gehört als eine ausdrückliche göttliche Weisung der Vollzug der ehelichen Liebe. Letztlich ist sie Bestandteil des Sabbatritus und ist daher eingeheiligt als Gottesdienst:

Der Chassid soll seine Frau so lieben, wie er die Tefillin (die Gebetsriemen) liebt, nur darum nämlich, weil es ein Gebot Gottes ist (Kinder zu zeugen), ohne ihr aber in seinen Gedanken nachzuhängen [...]

Der Mensch braucht die Frau um des Dienstes am Schöpfer willen, um der kommenden Welt würdig zu werden; vernachlässigt er aber seine Geschäfte und hängt ihr in Gedanken nach – was ist es, wenn nicht der größte Unsinn, den es gibt?

Wisse, was über dir ist – will sagen: wisse, dass das, was über dir ist, ganz von dir abhängt.

Der Zaddik (der Gerechte) ist die Grundlage der Welt [...] Denn aus allem, was die Zaddikim tun, mag es auch noch so materiell sein wie die Nahrungsaufnahme, brechen nach oben strebende heilige Funken empor.

Gleichwie die in die Erde versenkte Saat alle unterirdischen Kräfte (Säfte) in sich hineinzieht und dann die Frucht hervorspringen lässt, so zieht der Zaddik die in den Dingen dieser irdischen Welt verborgenen, mit der Wurzel seiner Seele verwandten Funken an, um sie zum Schöpfer, gesegnet sei er, hinaufzutragen.

Indem der Zaddik das Gebotene erfüllt und gute Werke vollbringt, hebt er die dem Gestein, den Pflanzen, den Tieren und Menschen innewohnenden heiligen Funken empor [...] und verbindet dadurch auch das Äußere der Welt mit seinem (Gottes) gesegnetem Namen, doch wird dieser Verbindung erst mit der Ankunft des Messias endgültig hergestellt sein.[117]

Martin Buber weist darauf hin, dass die kabbalistische Vorstellung von der Selbsteinschränkung (Zimzum) Gottes um seiner Schöpfung willen, wie Isaak Luria lehrte, von Dow Bär vertreten worden sei. Er habe sie zu einer pädagogischen Grunderfahrung erhoben, die er in Liebe und Strenge seinen Schülern gegenüber habe vermitteln wollen. Andererseits ist es der Maggid, der die bis dahin noch ungeformten chassidischen Gruppen zu organisieren verstand, indem er auf die ihm eigene Art weitere geistliche Führergestalten heranzog und zu Zaddikim werden ließ, die er zu einzelnen chassidischen Gemeinden hinaussenden konnte. Dazu gehörten Levi Jizchak von Beditschew, Nahum von Tschernobyl, Elimelech von Lisensk und neben anderen[118] auch Schne'ur Salman von Ladi, von dem gesondert zu sprechen ist.

Schne'ur Salman von Ladi und
der Chabad-Chassidismus

Wenn Gershom Scholem darauf aufmerksam machte, dass der
Chassidismus hinsichtlich einer kabbalistischen Lehrbildung
nicht schöpferisch gewesen sei, so ließ er doch eine Ausnahme
gelten. Es handelt sich um den sogenannten „Chabat-Chassi-
dismus", der bis in die Gegenwart herein besteht und der in
Gestalt herausragender Zaddikim gelegentlich von sich reden
macht. Er geht auf Rabbi Schne'ur Salman (1747 – 1812)
zurück. Er stammte von Ladi (Ljosna), einem Ort südlich von
Witebsk und westlich von Smolensk. Wie die Lebensdaten zeigen, handelt es sich bereits um einen späteren Vertreter der
Zaddik-Generation.

Die immer wieder aufflammenden Auseinandersetzungen
zwischen den Nachfolgern des Bescht und diversen orthodoxen
Gemeinden hatte eine wechselseitige Entfremdung verursacht.
Zwischen den Chassidim und den Mitnagdim (Gegnern) war
eine Kluft der wechselseitigen Mißdeutung entstanden. Der
Gaon Elia von Wilna wurde als ein solcher Gegner bereits
genannt. Schne'ur Salman war nicht der einzige, der unter der
aus Unkenntnis entstandenen Gegnerschaft litt. Deshalb war
er bestrebt, den entstandenen Graben zu überbrücken und an
die grundsätzliche geistige und auch brüderliche Gemeinsam-
keit zu erinnern.

In der Überzeugung, dass beide Teile der Judenheit aus
denselben religiösen Quellen schöpfen, aus Tora, Talmud und
Kabbala, unternahm er den Versuch, den Chassidismus im
litauisch-weißrussischen Raum so zu gestalten, dass die Lehre
von der enthusiastischen Freude am Leben mit Gott mit der

gedanklichen und moralischen Strenge des Rabbinismus versöhnt werden könnte.

Von Rabbi Schne'ur Salman, den man auch „den Raw" nannte, wird berichtet, er habe die Absicht gehabt, zusammen mit einem anderen chassidischen Rabbi ins Heilige Land zu pilgern. Es handelt sich um ein Vorhaben, das auch der Baal-Schem einst ins Auge gefasst hatte, ohne es realisieren zu können. Der Sache nach habe der Raw jedoch ein Traumgesicht gehabt, in dem er aufgefordert wurde, von seinem Ansinnen Abstand zu nehmen. Und infolge dessen sei er daran gegangen, eine eigene chassidische Schule zu begründen, eben die des sogenannten Chabad-Chassidismus.

CHABAD ist ein Notarikon, das heißt eine Abkürzung und Zusammenfassung für drei kabbalistische Bezeichnungen für eine obere Dreiheit aus dem Sefirot-Baum, nämlich Chochma-Weisheit, Bina-Einsicht und Daat-Vernunft. Damit ist zum Ausdruck gebracht, dass das Erkenntniselement eine besondere Pflege erfahren soll, mithin jene erstrebte Versöhnung mit der rabbinischen Gelehrsamkeit. Auf der anderen Seite erblickte Buber darin die Gefahr, eine Aufspaltung der im ursprünglichen Chassidismus bewahrten Ganzheit, wenn er in der Einführung zu seinen „Chassidischen Erzählungen" schreibt:

Von der Verselbständigung der Teilsphäre aus droht dem Chassidismus seine stärkste Basis entzogen zu werden: die Lehre von den in den Dingen und Wesen, in allen Vorstellungen und Antrieben uns antretenden und von uns Erlösung verlangenden Gottesfunken, und die damit verbundene Bejahung des ganzen leib-seelischen Menschen, sofern er nur allem, was sich regt, die Richtung auf Gott zu verleihen vermag.[119]

Buber zögert jedoch nicht, auch den Chabad-Chassidim ausdrücklich eine Teilhabe am chassdischen „Feuer" zu bestätigen. Dafür sprechen nicht zuletzt die Zeugnisse, die uns über den Begründer dieser Richtung bekannt sind. (Später nannte man sie auch „Lubawitscher Chassidim"). Für die Identität und den Eifer der Hingabe spricht unter anderem jene bereits erwähnte Anekdote aus den „Chassidischen Erzählungen", wo davon die Rede ist, dass Schne'ur Salman sein Beten gegebenenfalls nicht auf ein bestimmtes Schriftwort bezog, sondern auf „Diele und Bank", also auf Gegenstände seiner unmittelbaren Umgebung. Doch dergleichen gab den am Wort haftetenden Orthodoxen einen Anlass zur Ablehnung solcher Chassiduth.

Damit ist in Übereinstimmung mit der kabbalistisch-urchassidischen Einstellung zu den zu erlösenden Funken, die in den Dingen ruhen, gesagt, worauf es eigentlich ankommt und wo Chassidut zu vollziehen ist. Dass chassidische Mysterium ist demnach auch für den talmudisch wie kabbalistisch geschulten Raw an die alltäglichen Dinge geheftet. Nicht an einem ausgesonderten Ort, sondern eben hier, im Unscheinbaren, leuchtet der geheime Sinn auf. Von hier führt der Weg nach oben, sofern man auf die seelische Verfassung achtet, die das eigene Leben in seiner Gesamtheit bestimmt.

Der Chabad-Chassidismus ist somit weniger an den ans Magische rührenden Verrichtungen der sogenannten praktischen Kabbala interessiert, bei der es allerlei Beschwörungen gibt, wo Anrufungen erfolgen oder die Herstellung von mit Gottesnamen versehenen Amuletten unternommen wird. So heißt es von Rabbi Schne'ur Salman einmal, er habe gesagt: „Wunder(taten) ruhen unter meinem Stuhl, aber ich will mich nicht bücken, um sie aufzuheben." Um so wichtiger nimmt Chabad die theosophischen Lehren der kabbalistischen

Schriften, mit deren Hilfe verborgene Geheimnisse erfasst werden sollen, die an die Transzendenz Gottes rühren. Damit ist eine deutliche Beziehung zur Pflege der esoterischen Überlieferung ausgesprochen.

Und was die praktische Seite anlangt, so heißt es von Chabad: Wenn der Mensch karitative Liebe und Barmherzigkeit an seinem Mitmenschen übt, wer immer es sein mag, so steht hinter dieser Übung der geistige Gehalt von Chochma-Weisheit. Und hinsichtlich von Bina-Einsicht gilt, dass sie noch über dem Wert einen gottgefälligen Handelns steht. Was nun Daat-Vernunft anlangt, so verbindet sie im Meditierenden beide Grundkräfte. Im übrigen obliegt es den Chabad-Chassidim, den panentheistischen, das heißt „alles in Gott" bewegenden Gedanken nachzusinnen. Und weil „alles in Gott" beheimatet ist, deshalb erwächst daraus eine umfassende Liebe zu aller Geschöpflichkeit. Kein Wunder, dass Chabad als Philosophie und als Lebenspraxis bis in die Gegenwart hinein überlebt hat, nämlich in Gestalt der Lubawitscher Frommen. Ihre Nachfahren gibt es in Israel, aber auch in den Vereinigten Staaten, wo die Spiritualität in der Weise des Rabbi Schne'ur Salman fortgesetzt wird.

Religiöse Erneuerungsbewegungen kennen aber nicht nur eine problemlose Erfolgsgeschichte. Die der Chassidim ist davon nicht ausgenommen, zumal der hier skizzierte ursprüngliche, vom Baal-Schem ausgegangene Impuls mancherlei Wandlungen durchgemacht hat. Und wenngleich das vom Bescht entfachte Feuer nicht einfach erlosch, es verlor doch seine anfängliche Reinheit und Makellosigkeit. Die Chassidim wurden dem vorgestelltem „Ideal" nicht immer gerecht. Mehr und mehr mißlang den Zaddikim das Außerordentliche zu vollbringen. Statt gemäß dem ursprünglichen Ansatz, „den

Himmel auf die Erde zu bringen", versäumten nicht wenige Zaddikim die Erfüllung ihres Auftrags. Entfremdungserscheinungen traten auf, ein Zaddikismus. „Rebbe-Höfe" entstanden, von wo aus das schlichte Volk der Gläubigen gelenkt und in geistlicher Abhängigkeit gehalten wurde. Rebbe-Dynastien lösten einander ab, als hätten die betreffenden über das Charisma zu verfügen wie über einen selbsterworbenen Besitz. Doch abgesehen von Auswüchsen dieser Art überlebte Bescht und seiner Anhänger spirituelles Erbe.

Jakob Josef von Polonnoje

Ein anderer wichtiger Schüler des Baal-Schem war Jakob Josef von Polonnoje (Polna; gestorben 1782). Er schloss sich 1748, also in jungen Jahren, der Bewegung an. Als gebildeter Talmudist und als ordinierter Rabbiner brachte er Qualitäten mit, die ihn als „ersten Theologen" des Chassidismus erscheinen ließen. Und wenn es dem Wesen dieser Glaubensbewegung entsprach, während der ersten Jahrzehnte allein durch eine mündliche Überlieferung weitergetragen zu werden, so trat durch ihn eine Änderung ein, die für die nachfolgende historische Forschung von Nutzen sein konnte. Jakob Josef begann, das Erlebte aus einer gewissen Unmittelbarkeit heraus aufzuzeichnen, sodass man über die Vorgänge im Chassidismus nicht nur vom bloßen Hörensagen abhängig blieb. Als Verfasser einiger Bücher (Toledot Jaakov Josef) begann mit seinen Aufzeichnungen eine schriftliche Dokumentation der Ereignisse. Das heißt:

Der Autor vermittelt als langjähriger Schüler des Bescht Zeugnisse aus erster Hand. Er gilt als der Haupttradent der Lehren des Bescht, deren Anfang und Ende er beim Zitieren gewissenhaft kennzeichnet. Dadurch wird auch meist deutlich, wo er über die Worte seines Meisters hinausgeht und seine eigenen Auffassungen vorträgt [...]

Die gesamten in seinen Büchern gesammelten Homilien zu den Perikopen der wöchentlichen Schriftlesung geben sich als unabhängige Auseinandersetzung mit der Tradition und als Neudeutung von Zitaten aus der älteren Literatur, in die seine eigenen Auffassungen verwoben sind.[120]

Nachman von Bratzlaw

Einer von denen, die nicht gewillt waren, das geistliche Erbe der Väter preiszugeben oder zu veräußerlichen, war Rabbi Nachman von Bratzlaw (1772 – 1810) ein Urenkel des Baal-Schem-Tow. Besorgt muss er erkennen, welch ein Niedergang sich bereits in seiner Generation da und dort abzeichnet. Deshalb geht er hart ins Gericht mit jenen Zaddikim, die durch Geldgier und Herrschsucht verkommen sind. Ihr Treiben dünkt ihn Verrat zu sein am heiligen Vermächtnis seines Ahnen. Er selbst erweist sich als ein vom Geist Ergriffener, und das muss er bezeugen.

Wieder war es Martin Buber, der eine Reihe märchenartiger Geschichten dieses Rabbi aufgezeichnet und zahlreiche ihm zugeschriebene Worte der Nachwelt übermittelt hat.[121]

Rabbi Nachman von Bratzlaw hielt er für den vielleicht „letzten Mystiker" dieser Gattung überhaupt. Das mag hoch gegriffen sein, doch umhüllt gerade diesen Mann eine wundersame Aura. In seiner gemütvollen Hinneigung zur Schöpfung wird er zum Poeten:

*Wenn der Mensch gewürdigt wird, die Gesänge der Kräuter
zu vernehmen, wie jedes Kraut sein Lied zu Gott spricht, wie
schön und süß ist es, ihr Singen zu hören! Und daher tut es
gar gut, in ihrer Mitte Gott zu dienen in einsamem Wandeln
über das Feld hin und zwischen den Gewächsen der Erde
und seine Rede auszuschütten vor Gott in Wahrhaftigkeit.
Alle Rede des Feldes geht dann in deine ein und steigert ihre
Kraft. Du trinkst mit jedem Atemzug die Luft des Paradieses,
und kehrst du heim, ist die Welt erneuert in deinen Augen!*[122]

Liest man Sätze wie diese, so wird man angeregt, Rabbi Nachman anderen „Naturmystikern" an die Seite zu stellen, etwa
dem mit den Elementen und Kreaturen verschwisterten Franziskus von Assisi oder mit dem über einen Baum, eine blü-
hende Wiese, über die Lilie oder die „Morgenröte im Aufgang"
meditierenden Görlitzer Meister Jakob Böhme.

Aber so weit muss man gar nicht gehen, ist doch kein
Geringerer als Novalis-Friedrich von Hardenberg, der Dich-
ter der Blauen Blume und des „Weltverjüngungsfestes" im sel-
ben Jahr 1772 geboren. Und beide sind in jungen Jahren an
der Schwindsucht gestorben! Datierte Rabbi Nachman den
Beginn seines spirituellen Lebens seit seiner Reise ins Heilige Land („Mein Ort ist nur Erez Israel [...] ich lebe nur noch
davon, dass ich in Erez Israel war"), so hatte auch Novalis, der
den Weg nach innen antrat, eine besondere Initiation erfahren.
Es war jenes Einweihungserlebnis am Grab seiner jugendlichen
Geliebten Sophie.

Nachman von Bratzlaw wusste um die geheimnisvolle
Sphäre, der er in seinem Leben gewahr wurde. Diesem Geheimnis spürte Buber nach, indem er Nachmans Wahrworte auf
seine Weise nachbildete:

Es gibt Menschen, die im Offenbaren gar keine Herrschaft haben, aber im Verborgenen regieren sie das Geschlecht."[123]

Die nicht in der Einsamkeit wandeln, werden verwirrt sein, wenn der Messias kommt und man sie ruft; aber wir werden sein wie ein Mensch nach dem Schlaf, dessen Sinn ruhig und gelassen ist."[124]

Sich zur Einheit vollenden, bis man vollendet ist nach der Schöpfung, wie man vor der Schöpfung war, dass man ganz eins sei, ganz gut, ganz heilig, wie vor der Schöpfung. Man muss sich an jedem Tag erneuern, um sich zu vollenden.[125]

Für des Menschen Aufstieg ist keine Grenze, und jedem ist das Höchste offen. Hier waltet allein deine Wahl."[126]

Ergriffen vom Impuls der Ekstase erlebt der Rabbi den Glauben als „ein starkes Ding." Er spürt unter seinen Füßen die Stufen des Hinaufgangs. Auch der böse Trieb muss ihm dabei zu einer Stufe werden, auf der der Mensch dadurch nach oben steigt, dass er das Dunkle, Widergöttliche verwandelt. Das unverzichtbare Gebet ist in Dienst genommen. Es gleicht einem Feuerherd, das den Menschen selbst durchglüht.

Und immer wieder klingt das Zentralthema chassidischer Existenz an, auch beim Rabbi Nachman: „Durch die Freude wird der Sinn sesshaft, aber durch Schwermut geht er ins Exil."[127] Und eben darin besteht das immer wieder hervorgehobene Wesen der Chassidut, nicht in verbissener Pflichterfüllung und Verdrossenheit, nicht in Niedergeschlagenheit und Trübsinn, sondern freudeerfüllt soll man Gott dienen, gilt es doch, „göttliche Funken" ins Licht zu erheben und auf diese Weise bei „Tikkun", der erlösenden Heimholung der gefallenen Schöpfung mitzuwirken. Heißt es doch einmal beim Baal-Schem: „Die Schechina webt nicht über der Trübsal, sondern über der Freude am Gebet."

Lebendige Legende

Das chassidische Leben ist wieder und wieder zur Legende geworden. In der Legende, in den vom Außerordentlichen, vom Himmlischen im Irdischen erfüllten Erzählungen der Chassidim, in den Anekdoten, in denen sich Dichtung und Wahrheit auf eine eigentümlich-wundersame Weise miteinander verbinden, pulsiert das Erleben der Frommen und ihrer Geleiter. In dem, was man von ihnen, den Zaddikim, erzählt, spiegelt sich etwas von dem geheimnisvollen Leuchten, einem Abglanz von ekstatischen Seelenaufschwüngen mitten im Alltag. Jedes Tun und Lassen hat eine legendäre Dimension des Sagbaren an sich. Da heißt es in der Nacherzählung, die einer Nachdichtung entspricht, bei Martin Buber:

> *An einem Abend des Festes der Freude an der Lehre tanzte der Baal-Schem selber mit seiner Gemeinde. Er nahm eine Schriftrolle in seine Hand und tanzte mit ihr. Dann tat er die Rolle aus der Hand und tanzte ohne sie. In diesem Augenblick sagte einer der Schüler, der mit den Bewegungen des Baalschem sonderlich vertraut war, zu den Gefährten: Jetzt hat unser Meister die leibliche Lehre aus der Hand getan und hat die geistige Lehre an sich genommen.*[128]

Von Rabbi Levi Jizchak von Berditschew, einem durch seine Volkstümlichkeit bekannten Zaddik, sind Erzählungen überliefert, die in ihrer Weise das spezifisch Chassidische zum Ausdruck bringen, zum Beispiel, wie sich jene Funken sich erheben lassen, auch wenn sie sich in ein fragwürdiges Gewand gekleidet haben. Von ihm heißt es einmal:

Der Berditschewer ging einst auf der Straße auf einen
Mann zu, der ein hohes Amt innehatte und ebenso böse wie
mächtig war, fasste ihn am Saum seines Rocks und sprach zu
ihm: „Herr, ich beneide dich! Wenn du zu Gott umkehrst,
wird aus jedem deiner Flecken ein Lichtstrahl werden, und
du wirst ganz zu Licht gedeihen. Herr, ich beneide dich um
dein großes Leuchten!"[129]

Zweifellos hat das Geschichtenerzählen der Chassidim seinen
Sitz im Leben derer, von denen berichtet wird. Daher rührt
das Erzählte bis heute in je eigentümlicher Weise die Hörer
und Leser an. Die Legenden werden zu Vehikeln, die uns in
die längst entschwundene Welt der ostjüdischen Frommen
zurückführen: an die Höfe der Zaddikim, in das Schtibl (Stü-
bel) der Lernenden, zum Tagewerk von Mann und Frau. Vielfältig sind die Bezüge, die sich zwischen der alltäglichen Situation und den hohen spirituellen Zielen herstellen lassen. So
wird einmal von dem Baal-Schem erzählt, wie sich allem Vor-
satz zum Trotz auch sein Gemüt verdunkelt habe:

Einmal sei der Sinn des Meisters so tief gesunken, dass
ihm schien, er könne keinen Anteil an der kommenden
Welt haben. Von ihr sei er ausgeschlossen, wenn er aus dem
irdischen Leben abscheide. Aber ihm sei es gelungen, sich
aus dieser Verdunkelung zu befreien. Er habe zu sich gesagt:
„Wenn ich Gott liebe, was brauche ich da eine kommende
Welt?"[130]

Tatsächlich geht es immer wieder um die Entscheidung für das
Wesentliche und Wichtige. Und es ist zu unterscheiden, was
Vorrang haben müsse, etwa das lernende Eindringen in Sinn
und Gehalt der von den Vätern überkommenen ehrwürdigen

Überlieferung oder eine helfende Dienstleistung, wo immer sie gerade nötig ist. Dabei entspricht es, wie immer wieder gesagt, dem Wesen der Chassidut, das in Debekut und in rechter Kawwana Getane höher einzuschätzen als das theologische Forschen; und dies obwohl es doch der Vergegenwärtigung des Gotteswortes dienen soll.

Von seinem Enkel Mosche Chaim Efraim wusste der Baal-Schem beispielsweise, dass er sich mit großem Eifer der Lehre befleißige. Daher sann er darauf, wie er ihn ganz unauffällig und doch überzeugend auf das noch Wesentlichere aufmerksam machen könne So lud er den Enkel hin und wieder zu einem Spaziergang außerhalb der Stadt ein. Nur mit Widerwillen entsprach der junge Mann seinem Großvater, weil er über dem Spaziergehen das Schriftstudium zu versäumen meinte. Als den beiden ein Wanderer begegnete, bei dem sich der Bescht nach einem Mitbürger erkundigte, erhielt er die Antwort, es handle sich um einen „großen Lehrbeflissenen." Darauf der Großvater: „Ich beneide ihn um seine Lehrbeflissenheit. Was soll ich tun? Ich habe keine Zeit zum Lernen, weil ich dem Schöpfer dienen muss." Diese Bemerkung tat beim Enkel die beabsichtigte Wirkung, denn es heißt: „Von Stund an wandte sich Efraim wieder mit aller Kraft dem chassidischen Wege zu."[131]

Erfahrungsgemäß ergeben sich hin und wieder Gelegenheiten zu beiläufigen Äußerungen ähnlicher Art. So erging es jenem Vorbeter in der Gemeinde des Rabbi Levi Jizchak aus Berditschew. Der fragte ihn: „Wie kommt es, dass ihr heiser seid?" – „Das ist", antwortete der Vorbeter, „weil ich vor dem Pult gebetet habe. – „Ganz recht", sagte der Rabbi, „wenn man vor dem Pult betet, wird man heiser; aber wenn man vor dem lebendigen Gott betet, wird man nicht heiser."[132]

Gewiss fällt auf, dass es in der Regel Männer sind, Rebbes und Zaddikim, von denen dergleichen berichtet wird. Um so bedeutsamer ist es, wenn einmal von der Haus- und Küchenarbeit einer Frau berichtet wird, nämlich von der des Levi Jizchak:

Von Perle, der Frau des Berditschewers, ist ein Gebet überliefert. Wenn sie die Sabbatbrote knetete und buk, pflegte sie zu beten:

„Herr der Welt, ich bitte dich,
hilf mir, dass mein Levi Jizchak,
wenn er am Sabbat über diesen Broten den Segen spricht,
dasselbe im Sinn habe wie ich in dieser Stunde,
da ich sie knete und backe!"[133]

Nun ist es kein Geheimnis, dass der Erzähler einer Geschichte, niemals von seinem eigenen Erleben und Verständnis seines Themeninhalts absehen kann. Schon in der Art seiner Komposition und Wortwahl kommt dies zur Sprache.

Nicht anders ist es bei den Erzählungen der Chassidim, deren Gestaltung wir Martin Buber verdanken. Die innere Nähe seiner Chassidismus-Deutung zu seiner Ich-Du-Philosophie wird bisweilen auch in seinen Schilderungen spürbar; kaum weniger in seiner „Verdeutschung der Schrift", das heißt der Hebräischen Bibel des Alten Testaments.

Geradezu leitwortartig ist in den Erzählungen etwas von dem dialogischen Element aufgenommen, wie es das Denken Bubers bestimmte, nämlich in dem Lied „Du." Es ist ebenfalls dem Berditschewer Rabbi zugeschrieben. Es lautet in Bubers Nachdichtung:

Wo ich gehe – du!
Wo ich stehe – du!
Nur du, wieder du, immer du!
Du, du, du!
Ergeht's mir gut – du!
Wenn's weh mir tut – du!
Nur du, wieder du, immer du!
Du, du, du!
Himmel – du, Erde –, du
Oben – du, unten – du
Wohin ich mich wende, an jedem Ende
Nur du, wieder du, immer du!
Du, du, du![134]

Diese Beispiele, die allein aus den Buberschen Texten sich hundertfach vervielfältigen lassen, zeigen, dass die chassidische Erzählung nicht allein mit literarischen und ästhetischen Maßstäben zu messen ist. Es handelt sich primär um eine spirituelle Aussage und hat, wie erwähnt, ihren Sitz im Leben der Chassidim. Dort erfüllt sie eine wichtige Zeugnisfunktion, die wohl erst denjenigen als solche verständlich ist, die selbst einen inneren Zugang zur chassidisch-jüdischen Frömmigkeit gefunden haben.

Verbunden mit der Nennung eines bestimmten Rebbe und bestätigt durch das Lebenszeugnis derer, die das Wort oder die geschilderte Begebenheit erlebt haben, erfüllt die Legende eine eigentümliche Aufgabe. Zum einen ist sie Bericht historischer oder familiengeschichtlicher Vorkommnisse. Immer ist Gott im Spiel; immer geht es um die Erhebung der göttlichen Funken, und handle es sich wenigstens um Abglänze dessen, was aus gleichsam zwischen den Zeilen spricht.

Die Legende hält die Verbindung mit den Meistern und Zaddikim von einst aufrecht. Das Geschichtenerzählen verbürgt andererseits die tradierte Lehre. In dieser Gestalt dient sie dazu, die jeweils junge Generation der Nachgeborenen an die gemeinsame Überlieferng heranzuführen, an das unverzichtbare Erbe aus Väter- und Mütterzeiten. Die in den Geschichten bisweilen enthaltene ironische und unterhaltsame Note ist demzufolge nicht Selbstzweck, wohl aber Mittel zum Zweck. Mit diesem methodisch-didaktischen Moment verbindet sich ein spirituelles. Denn, so sagt die Bescht-Überlieferung: Wer zum Lob der Zaddikim Geschichten erzählt, der ist wie einer, der zu den Geheimnissen der Merkaba, das heißt zu den Mysterien des himmlischen Thronwagens, vordringt, von dem die auf das Buch Hesekiel (Ezechiel) der hebräischen Bibel bezugnehmende jüdischen Gnosis und Merkaba-Mystik zu berichten weiß.[135]

Die chassidischen Erzählungen nehmen somit einen tief religiösen Charakter an. Sie dienen der Auferbauung der Gemeinden und sie dienen von Fall zu Fall dem einzelnen, der sich der Führungskraft des Erzählten, der Weisheit der Zaddikim, versichern will. Indem von dem Rebbe einer bestimmten Rebbe-Dynastie erzählt wird, tritt man gleichsam in Kontakt mit dessen besonderer Geistesart. Sie mutet vertraut an.

So wurde über mehr als zwei Jahrhunderte hinweg eine reiche mündliche Überlieferung bewahrt. Und nicht nur dies, denn was in Osteuropa einst geblüht hat, das wurde in den Erzählungen nicht nur seinem einstigen Bestand nach konserviert oder auch restauriert, selbst wenn letzteres – je nach Art und Charakter der Nacherzählung – der Fall sein mag. Martin Buber dürfte hierfür das eindrucksvollste Beispiel abgeben. Die Lebendigkeit chassidischer Legende schlägt sich nicht zuletzt in der Tatsache nieder, dass der Erzählstrom in dieser Gestalt weiterfließt, und zwar nicht nur wo heute noch oder wieder Nachfahren der chassidischen Frommen wohnen. Die im 18. Jahrhundert in Osteuropa entsprungene Quelle ist noch nicht versiegt. Dafür hat kein anderer als der, wie er sich selbst nannte, „polnische Jude" Martin Buber (1878 – 1965) von der Frühzeit seines schriftstellerischen Schaffens an in besonderer Weise Sorge getragen.

Martin Bubers Chassidische Botschaft

Alle echten religiösen Bewegungen wollen nicht etwa dem Menschen die Lösung des Weltgeheimnisses darbieten, sondern ihn ausrüsten, aus der Kraft des Geheimnisses zu leben; sie wollen ihn nicht über Gottes Wesen belehren, sondern ihm den Weg weisen, auf dem ihm Gott begegnen kann.[136]

Bubers Lebenswerk ist über mehrere Jahrzehnte hinweg aufs engste mit der Erfahrung chassidischer Wirklichkeit verbunden, wie sie sich uns in ihren Lebenszeugnissen darbietet. Daraus ist jedoch nicht zu schließen, dass er selbst als einer der Ihren anzusehen sei oder dass er den Umgang mit ihnen gesucht hätte. Auffälligerweise vermied er dies selbst, als er 1938 nach Palästina übersiedelte. Deshalb ist dieser Feststellung sogleich die andere hinzuzufügen: Bubers Chassidismus-Deutung trägt die unverkennbaren Züge dessen, der die Botschaft auszurichten hatte. Das eine ist vom anderen nicht zu trennen. Überblickt man den Lebens- und Schaffensgang des dialogischen Denkers und des ebenso meisterhaften wie eigenwilligen Verdeutschers der Schrift, das heißt der hebräischen Bibel, die die Christenheit das Alte Testament nennt, dann ist diese unauflösliche Synthese nicht verwunderlich.[137]

Der mit dem deutschen Geistesgut innig vertraute Philosoph und Schriftsteller kann im Nachwort zu seiner romanhaften Chronik „Gog und Magog" (hebräisch, Jerusalem 1943) von sich sagen: „Als ich in meiner Jugend das erste chassidische Buchwort vernahm, nahm ich es mit einer chassidischen Begeisterung auf. Ich bin ein polnischer Jude, zwar aus einer Familie von Aufklärern, aber in der empfänglichen Zeit des Knabenalters hat eine chassidische Atmosphäre ihren Einfluss auf mich ausgeübt." Um seinen persönlichen Standort und damit seine Beziehung zum Judentum anzudeuten, fügte Buber diesen Worten das Geständnis hinzu:

Mein Herz gehört zu jenen von Israel, in denen sich heute, den blind Bewahrenden und den blind Bestreitenden gleicherweise entrückt, das Ringen vollzieht, das der Erneuerung von Glaubensgestalt und Lebensgestalt vorausgeht. In diesem Ringen setzt sich das Chassidische fort [...]

Gewiss, ich bin nicht mit meinem ganzen Bestande in der Welt der Chassidim [...] aber mein Fundament ist dort, und meine Antriebe sind den ihren verwandt."[139]

Also nicht einer von ihnen ist er, aber er, der „Erzjude", empfindet sich als einen Geistesverwandten. In der Tat hat der 1878 in Wien Geborene die Jahre seiner Kindheit und seine Schulzeit in Lemberg (Lwow) und in den südpolnischen Wohngebieten der Chassidim verbracht. Hier kam es zu den ersten Berührungen mit der chassidischen Gemeinde. Doch erst viel später, als er daranging, sich in die mystischen Traditionen der Völker zu vertiefen,[140] auch in die „schöpferischen Urkunden" seines eigenen Volkes, da stieß er – gleichsam von neuem – auf die spirituelle Substanz derer, die er in jenen Kindheitstagen erlebt hat. Von dieser seiner chassidischen Wiederbegegung, die einer geistigen Berührung entsprach, gibt Buber Bericht:

Und ich las – las, erst immer wieder von spröder, ungestalteter Materie abgestoßen, allmählich die Fremdheit

überwindend, das Eigne entdeckend, das Selbst anschauend,
mit wachsender Andacht. Bis ich eines Tages ein Büchlein
aufschlug, das „Zewaath Ribesch"– das ist: das Vermächtnis
des Rabbi Israel Baal-Schem – betitelt war und die Worte
mir entgegenblitzten: „Er ergreife die Eigenschaft des Eifers
gar sehr. Er erhebe sich im Eifer von seinem Schlaf, denn er
ist geheiligt und ein anderer Mensch worden und ist würdig
zu zeugen, und ist worden nach der Eigenschaft des Heiligen,
gesegnet sei er, als er Welten erzeugte." – Da war es, dass ich,
im Nu überwältigt, die chassidische Seele erfuhr. Urjüdisches
ging mir auf, im Dunkel des Exils zu neubewusster Äußerung
aufgeblüht: die Gottesebenbildlichkeit des Menschen als Tat,
als Werden, als Aufgabe gefasst. Und dieses Urjüdische war
ein Urmenschliches, der Gehalt menschlichster Religiosität.
Das Judentum als Religiosität, als „Frömmigkeit", als
Chassidut ging mir da auf."[141]

Kein Zweifel – Buber erlebte in diesem Moment so etwas wie
eine geistige Erweckung, eine Initiation. Sie muss ihn noch
ganz anders und intimer ergriffen haben als das Geschehen bei
der Bar Mizwa – Feier, nämlich als der Dreizehnjährige zum
ersten und einzigen (!) Mal in seinem Leben dem Ritus gemäß
die Gebetsriemen (Tefilin) anlegte. Und wenn er auch selbst
kein Chassid wurde, so wurde ihm doch alsbald klar, dass er
das in den chassidischen Schriften Aufgehobene nicht etwa aus
einer neutral bleibenden Zuschauerhaltung heraus betrach-
ten dürfe, sondern dass nur der Beteiligte, nur der in Pflicht
Genommene das zugrundeliegende Geheimnis als eine existen-
tielle Tatsache erfährt: „Seither habe ich erfahren, dass Lehre
zum Lernen und der Weg zum Gehen da ist. Je tiefer ich es
erfuhr, um so mehr ist mir diese Arbeit, an der ich mein Leben

maß und vermaß, zur Frage, zum Leid und doch auch zum Trost geworden."[142]

Mit dieser literarischen Begegnung in den ersten Jahren nach der Jahrhundertwende fällt ihm, dem etwa Mitzwanziger, eine Lebensaufgabe zu. Er mag geahnt haben, dass deren Inangriffnahme und Erfüllung ihn zum Schriftsteller machen würde. Und diese Aufgabe entpricht einem Abenteuer besonderer Art. Denn das aus der Überlieferung der ostjüdischen Chassidim Überkommene ist uns in der westlichen zivilisierten Welt einigermaßen fremd und zunächst ungeläufig. Märchenhaftes und Wundererzählungen sind mit allegorisierenden Texten, mit sinnbildhaften Beispielerzählungen verwoben. Traum und Dichtung, Legende und historische Wahrscheinlichkeit gehen, nicht immer klar abgrenzbar, ineinander über. Dazu kommen nicht selten offensichtliche Entstellungen, wodurch das anfangs nur mündlich Überlieferte nicht gerade an Zuverlässigkeit gewinnt. Buber spricht von Entstellungen des Inhalts und von der „Trübung der Farben."

Ohne besondere Absicht beginnt er mit der Übersetzung der augenscheinlich korrumpierten hebräisch-jiddischen Vorlagen. Es sind Märchen, die er zuerst vornimmt. Als eventuelle spätere Leser denkt er sich Kinder, die ihre Freude an den absonderlichen Begebenheiten haben mögen. Diese chassidischen Erzählungen scheinen, wie er anfangs vermutet, mit den Geschichten aus Tausendundeiner Nacht verwandt zu sein. Dass aber literarische Niveauunterschiede vorliegen, ist ihm von vornherein klar. Doch das Ergebnis seiner ersten Übersetzungsarbeit entspricht kaum seinen Erwartungen: „Als ich fertig war, schien mir – so erzählt Buber – was vor mir lag, dürftiger als ich vermeint hatte, den verwandten Geschichten aus Tausendundeiner Nacht durchaus unebenbürtig. Als ich eine von ihnen gedruckt sah – nämlich in einem Sammelbuch für Kinder – war ich vollends enttäuscht."[143]

Was soll da geschehen? So unansehnlich das literarische Resultat seiner Bemühungen ist – die Ahnung, dass dennoch wertvolles spirituelles Gut in jenen exemplarischen Geschichten verborgen liege, das für Juden wie für Nichtjuden erschlossen zu werden verdient, wird ihm trotz allem zur Gewissheit. Doch sie lässt sich nicht wie ein reife Frucht vom Baum pflücken.

Ein anderer Vergleich liegt näher, nämlich der einer Schmelze. Das Vorgefundene muss umgewandelt werden, ehe das Wort aus den Wörtern herausgefiltert werden kann. Er sagt sich: Wenn es nicht gelingen sollte, auf dem Wege einer wörtlichen Übertragung an die verborgenen Schätze heranzukommen, dann muss man einen anderen Zugang versuchen. Einen solchen, bei dem das zu Erzählende die eigene Seele passiert und durch sie transformiert worden ist. Und Buber unterzieht sich dieser Probe. Wichtig ist ihm, der zu jener Zeit beruflich als Verlagslektor tätig ist, die schriftstellerische Kompetenz seiner Frau Paula.[143] Er bedarf ihrer, und zwar nicht nur als Literatin, sondern in diesem Fall eher wie der Alchymist seiner „soror mystica", als der geschwisterlichen Gefährtin auf dem inneren Weg und beim „opus alchymicum." Insofern spielt ihre Mitarbeit bei der Gestaltung der chassidischen Erzählungen – was oft übersehen wird – eine nicht unwesentliche Rolle!

Was die endgültige Ausformung der Erzählungen anlangt, so ist die von Buber getroffene Entscheidung folgenreich. Auch hat sie sich nach allgemeinem Verständnis als überaus erfolgreich erwiesen. Wie sich zeigt, ruft sie zunächst eine große Schar von Bewunderern und von Freunden der chassidischen Botschaft auf den Plan. Ja, das Interesse an der Glaubenswelt und Lebenswirklichkeit der Chassidim kann im Grunde bei vielen erst jetzt entstehen. Zuvor gab es wohl mancherlei Beiträge zur Überlieferung. Das Werk von Simon Dubnow wurde schon genannt. Zu denken ist auch an Autoren wie Micha Berdyczewski[144], Isaak L. Perez oder Samuel A. Horodezky. Aber ihnen – manchen von ihnen – fehlte gewissermaßen der „Funke", der das Interesse an den unbearbeiteten Textvorlagen zu erwecken vermochte. Nicht durch die Genannten wurde der Chassidismus im Westen bekannt und zu einer quasi-vertrauten Geistesbewegung, sondern durch Martin Buber! Wo man heute von den Chassidim spricht kommt auch er, oft nur er, ins Gespräch. Er leugnete nicht, dass er an dem Ertrag ihres erzählenden Forschens teilnahm, wenn er einräumte: „Ich stehe in der Kette der Erzähler, ein Ring zwischen Ringen. Ich sage noch einmal die alte Geschichte, und wenn sie neu klingt, schlief das Neue in ihr schon damals, als sie zum erstenmal gesagt wurde."[145] Was nun seine Vorgänger anlangte, so oblag es ihm, die Funktion eines Vermittlers zu erfüllen. Ihr entsprach er. Doch das konnte nicht ohne Widerspruch geschehen. Denn auf der anderen Seite meldeten sich auch die Stimmen derer, die aus historisch-kritischer Betrachtung an der Art und Weise von Bubers Vorgehen Anstoß nahmen. Wie also entscheidet er sich?

Ganz bewusst verzichtet er schließlich auf eine textnahe Übersetzung aus dem Hebräischen beziehungsweise aus dem Jidddischen. Von seiner Vorlage lässt er sich jedoch inspirieren, um – wie aus dem Briefwechsel ersichtlich – von Paula Buber unterstützt, künstlerisch aus seinem Eigenen heraus jene Reinheit der Form und der Aussage zu erschaffen, die durch eine bloße Übertragung des bisweilen entstellten Urtextes nicht zu erzielen gewesen wäre. Buber gibt hierbei zu bedenken: „Ich musste die Geschichten, die ich in mich aufgenommen hatte, *aus mir heraus* erzählen, wie ein rechter Maler die Linien des Modells in sich aufnimmt und aus dem formenden Gedächtnis das echte Bild zustande bringt."[146]

Mit diesem Entschluss hat der Charismatiker über den Historiker, der Liebhaber des Wortes und der Weisheit über den historisch-kritisch arbeitenden Philologen und Religionswissenschaftler gesiegt. Der Künder der chassidischen Botschaft hatte dem Gebot jener Kongenialität zu folgen, die sich etwa in dem Satz ausdrückt, mit dem Buber sich und seinen Lesern Rechenschaft zu geben suchte. Er erlebte, auch in den Stücken, die er völlig neu einfügte, seine „Einheit im Geiste", zum Beispiel bei der Wiedergabe der Schilderung des Rabbi Nachman von Bratzlaw. Mit ihr setzte er einen Anfang für alle weiteren Arbeiten zu seinem großen Thema. Für ihn wars ein Fund: „Ich hatte eine wahre Treue gefunden: zulänglicher als die unmittelbaren Jünger empfing und vollzog ich den Auftrag, ein später Sendling in fremdem Sprachreich."[147]

Der hohe Anspruch, der in diesen Worten liegt, ist wohl kaum einer Steigerung fähig. Aber sollte der Nachgeborene über einen höheren Grad an Kompetenz verfügen als der unmittelbare Augen- und Ohrenzeuge der chassidischen Meister? Lässt sich tatsächlich eine geistige Unmittelbarkeit – eine „Gleichzeitigkeit" im Sinne Kierkegaard etwa – herstellen, die gegebenenfalls über die Wortlaute der Dokumente hinweggeht, indem der Nacherzähler die Mängel der textlichen Vorlage kraft eigener Inspiriertheit auszugleichen vermag?

Fragen über Fragen tauchen auf. Eingelöst und bestätigt ist Buber aufs Ganze gesehen allein durch das entstehende Werk selbst, durch die sogenannten „Chassidischen Bücher" und durch deren Deutung. Nicht am wenigsten durch die Wirkung, die von ihnen in der westlichen Welt seit Jahrzehnten ausgeht, wiewohl es an Widerspruch und Kritik nicht gefehlt hat.

Klar ist auch das andere: Durch diese seine Entscheidung für den Schritt von der wörtlichen Verdeutschung zur Neuschöpfung chassidischer Erzählungen hat Buber den Grundstein gelegt zum ersten Teil seines eigenen schriftstellerischen Werkes, das sich ziemlich deutlich abgrenzbar in drei großen Werkeinheiten präsentiert, nämlich in den Schriften zum Chassidismus, den Schriften zur Philosophie, im besonderen zum dialogischen Prinzip, und schließlich in seinen Schriften zur Bibel samt der zuzuordnenden Schrift-Verdeutschung.[148] Aber nicht immer lässt sich mit der bisweilen geforderten Eindeutigkeit bestimmen, wo der Deuter der chassidischen Kunde aufhört und wo der dialogische Denker beginnt.[149]

Zug um Zug entstehen die einzelnen chassidischen Schriften. Den Anfang machen „Die Geschichten des Rabbi Nachman" (1906). Zwei Jahre später liegt die „Legende des Baal-Schem" vor. Seinem Berliner Freund Gustav Landauer gesteht Buber im Brief vom 21. September 1908, dass in diesem Buch „ein gutes Stück" von seinem eigenen Leben stecke, weshalb ihm das verstehende Wort des Schriftsteller-Kollegen wichtiger sei als das Lob, das er alsbald von vielen Seiten zu hören bekommt. 1917 geht die biographische Skizze hinaus, die er „Mein Weg zum Chassidismus" betitelt. Spätestens hier wird deutlich, in welch hohem Maß Bubers chassidische Bücher vom eigenen Erleben und Bekennen erfüllt sind. Daher beschließt er die schmale Schrift mit dem Hinweis:

Jeder Mensch hat eine unendliche Sphäre der Verantwortung, der Verantwortung vor dem Unendlichen [...]

Jeder Mensch bestimmt mit all seinem Sein und Tun das Schicksal der Welt in einem ihm und allen unkenntlichem Maße; denn die Ursächlichkeit, die wir wahrnehmen können, ist ja nur ein winziger Ausschnitt aus dem unausdenklich vielfältigen unsichtbaren Wirken aller auf alle. So ist jede Menschenhandlung ein Gefäß der unendlichen Verantwortung."[150]

Die Vokabel „Verantwortung" wird in diesem Augenblick nicht etwa beiläufig gebraucht. Der Autor geht seiner Lebensmitte entgegen, die ihm eine andere, nicht weniger bedeutsame Lebenswende bereit hält. Er nennt sie „eine Bekehrung"[151], als die Dimension des Dialogischen in seinen Horizont tritt. Dem jahrelang von „ekstatischen Konfessionen" Berauschten wird mehr und mehr deutlich, wie bedeutsam das jeweils konkrete „Ich und Du" für jedes Menschenleben ist. Bedeutsam wird ihm, dass jedes irdische Du zugleich „Durchblick zum ewigen Du" ist, auch dass Liebe „Verantwortung eines Ich für ein Du" ist.[152]

Eine innere Verwandtschaft zeichnet sodann die folgenden Erzählbände aus, die er unter anderem bei Rütten und Loening in Frankfurt erscheinen lässt: „Der große Maggid und seine Nachfolge" (1922) und „Das verborgene Licht" (1924). Die beiden Bücher handeln von den Menschen und von ihrer Lehre.

Für wichtig hält Buber die Feststellung, dass die hier gemeinte Lehre nicht in dem alltäglichen Sinn als „lehrhaft" darzustellen sei. Man dürfe die von ihm in den Blick gefasste Lehre nicht mit einem philosophisch angelegten Gedankensystem verwechseln.

„Einem dahingehenden Versuch werden sich schon die augenfälligen ‚Widersprüche' wirksam entgegenstellen. Wer aber nicht eine Weltanschauung kennenlernen, sondern den Weg gehen will, wird merken, dass die ‚Widersprüche' die Stadien des Wegs sind", heißt es im Vorwort zu „Das verborgene Licht."[153]

Zug um Zug erfolgt nun die „fiktive Neuschaffung einer Welt, in der er lebte, zu der er jedoch nicht gehörte" (Sander Gilman). Aus Bruchstücken fügt Buber „Baal-Schem-Tows Unterweisung im Umgang mit Gott" (1927) zusammen. 1928 kann die Sammlung „Die chassidischen Bücher" erscheinen. Der Inhalt der dort vereinigten Erzählungen findet in „Die Erzählungen der Chassidim" (1949) Aufnahme. Der Verfasser versäumt nicht, ausdrücklich darauf hinzuweisen, dass der weitaus größere Teil erst in seinen Jerusalemer Jahren, das heißt vom Jahr seiner Einwanderung (Frühjahr 1938) an, entstanden sei:

Auch der Antrieb zu der neuen umfassenden Komposition verdanke ich der Luft dieses Landes. Die talmudischen Weisen sagen, sie mache weise: ich habe von ihr etwas anderes empfangen – die Kraft zum Neubeginn. Auch dieses Buch ist, nachdem ich meine Arbeit an der chassidischen Legende für abgeschlossen gehalten hatte, aus einem Neubeginn hervorgegangen."[154]

Auch Bubers einziger Roman – er selbst nannte ihn „eine Chronik" – nämlich das Buch „Gog und Magog" behandelt eine zentrale chassidische Thematik. Es entstand ebenfalls während der Jerusalemer Zeit. Unter Bezugnahme auf die Kapitel 38 und 39 aus dem Propheten Hesekiel (Ezechiel), wonach der Messias erscheine, wenn der dämonische Herrscher „Gog" im Lande „Magog" sein Reich errichtet habe, schildert er das Gegenüber zweier Juden. Seinen Stoff transponiert der Autor in die Zeit der Napoleonischen Kriege. Da ist zum einen der „Seher von Lublin", der unter Beschwörung zur baldigen Ankunft des Messias magisch beitragen will, während sein Gegenspieler Jehudi von Pzycha überzeugt ist, dass man sich – echt chassidisch – nur mit der Kraft eines hingebungsvollen Glaubens, das heißt durch Vollzug der Umkehr und der inneren Wandlung der Gottesnähe versichern könne. Diese Darstellungsart gibt dem Autor noch größere Freiheit bei der Ausformung und Präsentation von Leben und Lehre.

Es liegt nahe, Bubers Arbeit an der chassidischen Überlieferung mit derjenigen eines Elias Lönnrot, des Sammlers und Gestalters des alten finnischen Kalevala-Epos, oder mit dem Beispiel der Gebrüder Grimm zu vergleichen. Alle, und Buber mit ihnen, sehen sich einer Aufgabe gegenüber, nach der ein umfängliches Geistesgut der Nachwelt in kongenialer Weise zu übermitteln ist. Naturgemäß gibt es doch einen Unterschied. Bubers „Stoff" war schon aufgrund der problematischen Überlieferungsform nicht geeignet, in einer solchen Weise zu einem Ganzen wie das Kalevala oder die Grimmschen Märchen nachgeschaffen zu werden. Buber bemerkt hierzu:

Das Überwiegen der Anekdote geht zunächst auf die allgemeine Tendenz des jüdischen Diaspora-Geistes zurück, Vorgänge der Geschichte und der Gegenwart „pointiert" zu fassen: die Vorgänge werden so berichtet, ja bereits so erlebt, dass sie etwas „sagen", aber nicht dies allein, sondern der Vorgang wird so herausgeschält und angeordnet, dass er in etwas wirklich Gesagtem kulminiert. Das wird nun freilich im Chassidismus durch die Tatsachen begünstigt: Der Zaddik äußert die Lehre, unbewusst oder bewusst, in Handlungen, die sinnbildlich wirken, und sie gehen oft in einen Spruch über, der sie ergänzt.[155]

Aus diesem Grund sprach Buber von einer „sinnbildlichen und sakramentalen Existenz im Judentum." Im Rahmen einer der alljährlich in Ascona am Lago Maggiore stattfindenden Eranos-Tagungen sprach Buber 1934 erstmals über dieses Thema. In dem Band „Die chassidische Botschaft" (1952) sind diese und verwandte interpretierende Texte zusammengefasst. Lehreinheit und Volkstümlichkeit sind zu einer Ganzheit verschmolzen. Damit ist bis in die literarische Form hinein sichergestellt, dass der Grundgehalt des Chassidischen gewahrt bleibt. Das scheinbare Auseinanderstreben, das Heilige und das Profane, schließen sich zusammen, denn: „Diese Verbindung von Lehreinheit und Volkstümlichkeit ist durch den Grundgehalt der chassidischen Lehre die Heiligung alles Weltlichen, ermöglicht. Es gibt innerhalb der Menschenwelt keine Scheidung zwischen Hohem und Niederem; jedem ist das Höchste offen, jedes Leben hat seinen Zugang zur Wesenheit, jede Art hat ihr ewiges recht, von jedem Ding führt ein Weg zu Gott, und jeder Weg, der zu Gott führt, ist der Weg."[156]

Kritik an der Buberschen Chassidismus-Deutung

Wie schon angedeutet, unterliegt es keinem Zweifel, dass wir in erster Linie dem herausgeberischen und interpretierenden Wirken Martin Bubers die Kenntnis des Chassidismus verdanken. Denn trotz der vorausgegangenen Chassidismus-Studien anderer war diese religiöse Erneuerungsbewegung der Allgemeinheit in der westlichen Welt so gut wie unbekannt geblieben. Was man seit dem späten 18. Jahrhundert von dem Baal-Schem und seinen Nachfolgern wusste, das entsprach einer tiefgehenden Entfremdung zwischen den zwischen aufklärerisch gesinnten Juden Mittel- und Westeuropas und den eher als rückständig angesehenen Ostjuden. So bestand außerhalb der Judaistik-Forschung kaum eine Neigung, sich mit ihnen zu beschäftigen. Während ein großer Teil des Judentums trotz antisemitischer Ausschreitungen im Bürgertum der westlichen Zivilisation integriert war, sah man auf jene als auf Unebenbürdige herab. Erkenntnisloser Aberglaube, fragwürdige Magie und obskure Wundersucht bei den Chassidim stand einer Integration entgegen. Der „moderne" Jude sah kaum Anlass, sich mit den Unangepassten und ihren Glaubensweisen zu beschäftigen; noch weniger traf dies auf die nichtjüdische Mitwelt zu. Wie sollte daher eine Begegnung zwischen diesen beiden einander fremden gesellschaftlichen Hemisphären zustande kommen?

Im 19. Jahrhundert entwickelte sich eine „Wissenschaft vom Judentum", deren namhafte Vertreter – unter ihnen Heinrich Graetz, Abraham Geiger, Leopold Zunz und anderen – der mystischen Tradition des Judentums, insbesondere der Kabbala, sodann auch des ostjüdischen Chassidismus ein denkbar negatives Zeugnis ausstellten. Sie erweckten den Eindruck, es handle sich um die Umtriebe von Scharlatanen oder Phantasten. Einer ernsthaften wissenschaftlich vertretbaren Beschäftigung mit der Mystik erteilten sie eine generelle Absage. Das entsprach der damals herrschenden rationalistisch ausgerichteten Wissenschaftsgesinnung. Wer sich dennoch mit Schriftwerken wie dem Sohar bekannt machen wollte, musste sich in der Regel einen eigenen Zugang verschaffen. Bei jenen „Wissenschaftlern" vom Judentum konnte man jedenfalls keine Erkenntnishilfe erwarten. Kein Wunder, dass man dem Bescht samt Anhang nur Geringschätzung und Argwohn entgegenbringen konnte, wenn schon die Kabbala mit einer Sammlung von Absurdidäten gleichgesetzt wurde. Und was jene Leuchten der Wissenschaft anlangt: „Mystik und Gefühlsreligion lagen ihnen nicht, und sie verwarfen die Werte, die von solchen Bewegungen mit besonderem Nachdruck propagiert wurden."[157]

Eine tiefgreifende Wandlung in der Einschätzung jüdischer Mystik trat erst um die Wende zum 20. Jahrhundert ein, als eine Rückbesinnung auf die religiösen und kulturellen Güter von einst in Gang kam. Indem man sich aus einem teils romantischen, teils nationalbewussten Impuls heraus auf diese Tradition besann, kam auch die chassidische Überlieferung zu Ehren. Aber noch fehlten Interesse weckende Darstellungen. Einerseits enstanden Bücher, die „eine seltsame Mischung von liebenswürdiger Einfalt und Langeweile" (G. Scholem) darstellen. Von ihnen konnte jedoch schwerlich eine enthusiasmierende Wirkung ausgehen. Wieder einmal fehlte der belebende „Funke"! Auf der anderen Seite formte sich „eine seltsame, ästhetisierende Auffassung vom Chassidismus." Es entstand bei nicht wenigen Zeitgenossen „eine Art Wunschreligion auf literarischer Basis" (E. Hilburg).

Nun ist nicht zu leugnen, dass diese Gefahr – fast möchte man sagen: natürlicherweise – besteht, und zwar nicht zuletzt aufgrund der Faszination, die selbst und gerade Bubers Chassidismus-Präsentation anfangs ausgeübt hat. Um es auf einen einfachen Nenner zu bringen: „Unter Bubers Feder wurden die volkstümlichen Geschichten der Chassiden zu poetischen Kostbarkeiten der deutschen Literatur, zur klassischen

Quelle chassidischer Weisheit, von der man nie zuvor etwas vernommen hatte – was Wunder, wenn dieser ‚Neo-Chassidismus' begeistert aufgegriffen wurde – in nichtjüdischen Kreisen noch mehr als in jüdischen."[158] Unter solchen Gesichtspunkten ergibt sich die Notwendigkeit zu einer Kritik an der Buberschen Deutung der chassidischen Überlieferung.

Der aus Berlin stammende, nach Palästina emigrierte Zionist und herausragende Repräsentant der wissenschaftlichen Kabbala-Forschung Gershom Scholem (1897 – 1982)[159], war seit 1925 als Dozent, dann als Professor für Judaistik an der Hebräischen Universität Jerusalem. Er kann das Verdienst für sich verbuchen, die wissenschaftliche Ergründung der jüdischen Mystik auf ein tragfähiges Fundament gestellt zu haben. Schon in früher Jugend erlebte er so etwas wie ein „jüdisches Erwachen".[160] Einerseits machte er sich mit den Kenntnissen vertraut, die die Schulwissenschaft seiner Zeit anzubieten hatte. Doch ließ er sich andererseits in seinem Verlangen, die Originaltexte jüdischer Mystik kennenzulernen, durch die Leuchten der allgemein akzeptierten Wissenschaft nicht behindern. Mehr noch: Es fügte sich, dass Scholem bereits während seiner Studienzeit den Weg zu Buber fand, erst als Schüler, als die Buber-Familie noch in Berlin, dann in Heppenheim/Bergstraße lebte, schließlich als freundschaftlich verbundener Kollege und Kritiker in Jerusalem.

Sollte die Bubersche Interpetation lediglich an literarischen und historischen Kriterien zu messen sein, während die Authentität des in den Nacherzählungen Mitgeteilten in Frage steht? Welchen religiös-moralischen Aussagegehalt kann ein Werk haben, das letztlich doch nur eine „poetische Kostbarkeit der *deutschen* Literatur" ist[161], also von der volkstümlichen Schlichtheit jener östjüdischen Frommen denkbar weit entfernt ist?

Hier ist der Religionshistoriker, im besonderen der Historiker der Kabbala und des Chassidismus, zu befragen. Eben dieser Aufgabe einer kritischen Überprüfung haben sich – abgesehen von frühen kritischen Äußerungen der ersten Empfänger der chassidischen Erzählwerke Bubers – vor allem Gershom Scholem und seine Schülerin Riwka Schatz-Uffenheimer unterzogen und zur Diskussion gestellt.

Scholem, der von seinem eigenen literarkritischen Ansatz her als einer der wichtigsten Schüler Martin Bubers zu gelten hat, räumt freimütig ein, in welch hohem Maß Buber auf ihn selbst und auf seine Generation Einfluss genommen habe. Er geht so weit zu sagen:

Wir sind alle in irgendeinem Sinne seine Schüler. In der Tat denken wohl die meisten von uns, wenn sie über Chassidismus sprechen, vor allem in den Begriffen, die ihnen durch Bubers philosophische Deutung vertraut geworden sind, und vielen Autoren, die in diesen Jahren über Buber geschrieben haben, ist es, vieler Hinweise bei ihm selber ungeachtet, überhaupt nicht bewusst geworden, dass es sich bei Bubers Werk um eine Deutung handelt, deren Beziehung zur Sache selbst problematisch sein könnte.[162]

Scholem hebt den „so unermüdlichen Ernst" hervor, mit dem Buber das dargelegt habe, was er für die Seele des Chassidismus hielt. Schließlich habe er gar „den Kanon dessen, was Chassidismus ist", mit seiner Deutung überhaupt erst geschaffen; so lautet die Meinung der allermeisten. Eine kritische Analyse zeigt indessen, dass Korrekturen am Platze sind, die beim Grundsätzlichen ansetzen, wonach zwischen Chassidismus und dem Buberschen „Neo-Chassidismus" klar zu unterscheiden sei.

Scholem äußert die Überzeugung[163], dass seine (Bubers) Auswahl dem Sinne seiner Botschaft so weit wie möglich entspreche. Er sei jedoch nicht überzeugt, dass der Sinn seiner Botschaft, wie er ihn formuliert hat, auch der des Chassidismus ist. Die Kritik des Erforschers jüdischer Mystik ist, wie man sieht, keine nur beiläufige, sondern eine fundamentale und radikale. Diese Einschätzung hat sich die Forschung weitgehend zu eigen gemacht. Der Unterschied der Positionen lässt sich dadurch kennzeichnen, dass man sagt: Bubers Ansatz ist der eines von einem Chassidismus-Erlebnis Angerührten, eines Begeisterten. Diese Chassidismus-Beschreibung bietet Stoff zur Betrachtung, er regt zur Besinnung an, während Scholem sich von religionswissenschaftlichen Gesichtspunkten leiten lässt, und zwar relativ unabhängig von den persönlichen Konsequenzen, die zu ziehen man bereit sein mag. Mit anderen Worten: Bubers Chassidismus-Arbeit bewegt sich nicht in der zu fordernden Weise nah am Text und den historischen Fakten, sondern er kombiniert geschichtliche Aufzeichnungen und Zitate, wie sie seinen eigenen Intentionen entsprechen. Dabei lässt er „sehr viel Material aus, das in seinen Erörterungen überhaupt nicht vorkommt, obwohl es für sein Verständnis des Chassidismus als eines historischen Phänomens von größter Bedeutung sein mag [...] Zweitens erscheint das Material, das er auswählt, bei ihm häufig mit seiner eigenen Deutung seines Sinnes eng verbunden."[164]

Was bei oberflächlicher Betrachtung wie ein Willkürakt anmutet, das erklärt sich aus der „Kehre", die er um 1920 vollzog, indem er von seiner mystisch-pseudomystischen Phase zur dialogischen Philosophie hin vollzog[165], niedergelegt in

„Ich und Du" (1923) und den darauf folgenden Schriften. Bezeichnenderweise zählte er sein aus einer Sammlung religiös-mystischer Texte bestende Frühwerk „Ekstatische Konfessionen" (1909) nicht zu seinen in drei Bänden angelegten „Werken".[166] Scholem weist darauf hin, dass Buber in seiner letzten und reifen Phase „die wesentliche Identität der Kabbala und des Chassidismus" außer Acht gelassen habe. Abgesehen davon liebte es Martin Buber nicht, bald als jüdischer Theologe, bald als Mystiker bezeichnet zu werden. „Mystik bedeutet für ihn ein Untergehen des Ich im göttlichen Du, und Theologie eine Reduktion des göttlichen Du zu einem Es."[167]

Zwar erkannte er immer noch starke Verbindungen zwischen den beiden Phänomenen an, aber es war ihm darum zu tun, einen wesentlichen Unterschied zwischen dem Chassidismus und der Kabbala zu begründen und festzuhalten. Von der Kabbala spricht er jetzt gern als Gnosis, was in seinem Mund nicht länger ein Lobspruch ist [...]

Und da es letzten Endes auf den schöpferischen Impuls ankommt, fühlte er sich berechtigt, das kabbalistische oder „gnostische" Element im Chassidismus so gut wie gänzlich zu ignorieren. Es bildet für ihn nicht mehr als eine Art Nabelschnur, die, sobald die neue geistige Kreatur einmal als ein Wesen eigenen Rechts existiert, durchgeschnitten werden muss, wenn wir die neue Erscheinung in ihrer authentischen Daseinsweise sehen und verstehen."[168]

Und was Scholems Einschätzung des Buberschen Werks anlangt, so zögert er nicht, dessen große Verdienste immer wieder zu bestätigen, natürlich ohne sich jener weltweiten, in der Regel nichtisraelischen „Bubertät" anzuschließen, die sich aufs bloße Rühmen eines mit vielen Preisen ausgezeichneten Mannes verlegt hat. Scholems Bewertung erfolgt daher nicht, ohne ihm hinsichtlich seiner Darstellungen der chassidischen Überlieferung eine „außerordentliche Mischung von Wahrheit, Irrtum und allzu starke Vereinfachung" vorzuwerfen. Die geistige Botschaft, die er in seine Schriften hineingelesen habe, sei

allzu tief an Annahmen gebunden, die aus seiner eigenen Philosophie des religiösen Anarchismus und Existentialismus stammen und keine Wurzeln in den Texten selbst haben. Zu viel ist in dieser Darstellung des Chassidismus ausgelassen, und was aufgenommen ist, ist mit sehr pesönlichen Spekulationen überladen. Deren Charakter mag erhaben sein und das moderne Bewusstsein tief ansprechen. Wenn wir aber das wirkliche Phänomen des Chassidismus verstehen wollen, sowohl in seiner Größe wie in seinem Verfall [...], so werden wir wohl noch einmal von vorne beginnen müssen.[169]

Buber stellte sich dieser elementaren Kritik Scholems und anderer[170], auch derjenigen von Rivka Schatz-Uffenheimer. Er räumte zwar ein, dass sein Deutungswerk „aus selektiven Fäden gewirkt" sei (Schatz-Uffenheimer). Aber er gab auch zu bedenken, dass er nicht als Historiker an die ihm zugänglich gewordenen Texte herangegangen sei. Das sei somit auch garnicht seine Absicht gewesen. Dies, nämlich die Bemühung um die bloße datengetreue Neubekanntmachung einer vergessenen oder verkannten Lehre, sei wohl *ein* Weg. Er selbst beschritt jedoch ganz bewusst einen anderen, ging es ihm doch darum, etwas von der Kraft jenes gelebten Lebens der eigenen Zeit zu übermitteln und auf diese Weise zu helfen, „ihre Glaubensnot zu überwinden und die zerrissene Bindung an das Unbedingte zu erneuern." Um das zu erreichen, sei seine Auswahl unerlässlich gewesen. Was die hierfür erforderlichen Auswahlkriterien anlangt, so nennt er sie mit den Worten: „Ich habe es durch mein Herz wie durch ein Sieb gehen lassen".[171]

Wer wollte einem solchen Geständnis die geschuldete Sympathie versagen? Doch der Kern der Debatte war der begründete Zweifel, ob Bubers Methode den Maßstäben der Wissenschaft überhaupt standhalten kann. Scholem und Schatz-Uffenheimer (und nicht nur sie!) vertraten die Meinung, dass seine Schriften nicht repäsentativ für den „ ‚wirklichen' Chassidismus" seien. Ziehe man die Popularität von Bubers „Chassidismus" vor allem im europäischen Raum in Betracht, sei es eine notwendige Kritik gewesen.[172] Aber ist, wer das Notwendige unternimmt, gegen Missverständnise gefeit? Gerade wenn man in Rechnung stellt, dass Bubers Vorgehensweise erklärtermaßen die eines Nicht-Historikers war, der sich der ihm aufgetragenen Lebensaufgabe verpflichtet wusste, musste sich der ihm verfügbaren Sprachmittel bedienen, um ihr gerecht zu werden. So ist durch Buber – offensichtlich – ein Neues entstanden, ein „Neo-Chassidismus" als Ausdruck einer fiktiven Novität eigener Prägung.

So berechtigt Scholems Kritik aus desssen Betrachtungsweise heraus sein mag – Buber bestreitet deren Berechtigung auch nicht –, durch eine Würdigung von Walter Kaufmann wird diese Kritik im Blick auf die religiöse Bedeutung des Buberschen Ansatzes wieder ins Lot gebracht:

Was Bubers Werk rettet, ist seine Vollkommenheit. Er hat uns eines der großen religiösen Bücher aller Zeiten geschenkt, ein Werk, das zum Vergleich mit den heiligen Schriften der Menschheit herausfordert. Diese Bewertung muss all denen phantastisch vorkommen, die „Die Erzählungen der Chassidim" nicht gelesen haben. Ist sie aber berechtigt, dann darf der Einwand, dass Buber kein unparteiischer Geschichtsschreiber sei, gelassen hingenommen werden, ohne dass dadurch der Wert seines Werkes geschmälert wird."[173]

Offensichtlich ging es Martin Buber darum, in religiös dürftiger Zeit eine bislang vergessene Quelle von neuem zu erschließen und an deren „legendäre Realität" heranzuführen. Nun obliegt es den nachgeborenen Empfängern, wie sie mit den Zeugnissen umgehen wollen und welche Anregung sie für ihren eigenen Lebensgang gewinnen können. Zweifellos haben die jeweils neuen Ergebnisse der historischen Forschung ihre Berechtigung. Das ist das Eine. Unerlässlich aber ist zum anderen, dass auch ein innerer Zugang zur spirituellen Wirklichkeit geschaffen wird und dass es zu einer geistigen Berührung kommt.

Deshalb: Bei allem Respekt vor den Dokumenten der Vorzeit – auch die ehrwürdigste Überlieferung weist von sich weg auf die unmittelbare geistig-religiöse Erfahrung, die in Schrift und Buch einen sichtbaren Niederschlag gefunden hat und immer wieder von neuem finden muss. Oder um es mit einem Wort des Apostels Paulus (2. Kor 4) zu sagen: „Wir haben solchen Schatz in irdenen Gefäßen [...] Und Gott hat einen hellen Schein *in unsere Herzen* gegeben!" Das erinnert an das eingangs erwähnte chassidische Wort, wonach es letztlich auf den „Funken" ankommt, der die Gottesgegenwart, die Einwohnung (Schechina) zur Erfahrung bringt. Und eben dieser Aufgabe suchte Martin Buber auf die ihm gemäße Weise zu entsprechen.

Wo ist der Weg?

Wer von Menschen spricht, die Träger eines Geheimnisses und Träger einer spirituellen Bewegung geworden sind, der muss sich auch die Frage nach einer anwendbaren Methode gefallen lassen. Die Methode hat es mit einem Weg (von griech. *hodós, Weg)* zu tun. Wege sind dazu da, begangen zu werden. Zu denken ist an die Erkenntnis- und Schulungswege in ihrer Vielfalt. Doch erfahrungsgemäß schickt sich nicht jeder dieser Wege für jeden. Da stellt sich die Frage, worin die Weise chassidischer Übung besteht. Gibt es nach dem bisher Gesagten überhaupt so etwas wie einen spezifischen chassidischen Weg, der mit einer gewissen Allgemeingültigkeit erprobt werden kann?

Diese Frage richtete eine Amerikanerin, die selber einer ost-jüdischen Familie mit chassidischer Tradition entstammte, an Martin Buber. Seine nicht sonderlich erstaunliche Antwort lautete lapidar: „Einen allgemeinen lehrbaren ‚Weg' gibt es gar nicht" zumal das, worauf es ankommt, nicht wie eine Gebrauchsanweisung oder wie eine Doktrin aufweisbar oder anwendbar ist. Die Leute bekämen es nicht billiger, als dass sie sich, „jeder in den eigentümlichen Situationen seines persönlichen Lebens, bewähren und mit den Wesen und Dingen, denen sie begegnen, heiligen Umgang pflegen." Dagegen führen alle „Anweisungen in die falsche Sicherheit hinein, die schlimmer ist als die echte Verzweiflung."[174] Auf den ersten Blick eine einigermaßen enttäuschende Auskunft! Aber konnte sie anders ausfallen?

Immerhin lassen sich – wie oben besprochen – Elemente chassidischer Spiritualität benennen, die geeignet sind, typische Lebenshaltungen einzunehmen, beispielsweise: die Inbrunst

(Hitlahawut) der Gotteshingabe (Debekut), die die Wiederherstellung (Tikkun) der gefallenen Welt und die Überwindung (Jichud) des Getrennten zum Ziel haben. In anekdotisch-
legendenartiger Gestalt ist das jeweils Gemeinte zur Sprache
gebracht. „Der Weg" überschreibt Buber jene Anekdote, in der
Rabbi Bär von Radoschitz seinen Lubliner Lehrer einst nach
einem allgemeinen Zugang zum Dienste Gottes fragte. Der
Zaddik antwortete, dass es nicht angehe, den Menschen zu
sagen, welchen Weg sie gehen sollten. Es gebe einen Weg, Gott
zu dienen durch die Lehre, einen durch Gebet, einen durch
Fasten und einen durch Essen. Jedermann solle wohl darauf
achten, zu welchem Weg ihn sein Herz ziehe, und diesen solle
er dann mit ganzer Kraft erwählen. Noch kürzer fällt die schon
einmal angeführte Antwort von Rabbi Mendel von Kozk aus,
der gefragt wurde, was für seinen Lehrer wohl das Wichtigste
war. Er gab die Antwort: „Womit er sich gerade abgab."

Bleibt nur noch zu klären, wie Buber die oftmals bewegte
Frage nach dem Weg für sich selbst beantwortet hat. Da ist der
im Rahmen seiner „Reden über das Judentum" gefasste Essay
mit der Überschrift „Der Heilige Weg", verstanden als „Wort
an die Juden und an die Völker", mit der Widmung für seinen ermordeten Freund Gustav Landauer (1919) versehen. Es
ist der Lebensabschnitt, in dem der Autor im Begriff ist, seine
Wende von der Mystik zur Verwirklichung auf dem Feld der
Ich-Du-Beziehung zu vollziehen. Da heißt es:

> *Wir wollen den Weg nach Zion, das ist: den Weg nach der
> gelebten Wahrheit gehen. Nicht indem wir ein Gesetz, wie ihr
> es uns empfehlt, statt aus den Händen Gottes aus denen des
> Volkes empfangen, sondern in gemeinsamer Verwirklichung
> [...] Die wahre Gemeinschaft ist der Sinai der Zukunft.* "[175]

Und nochmals das Gegenüber von Lehre und Wirklichkeit, wie er es etwa zweieinhalb Jahrzehnte später im Nachwort zu „Gog und Magog" der Betrachtung anheimstellt:

Ich aber habe keine Lehre. Ich habe nur die Funktion, auf solche Wirklichkeiten hinzuzeigen. Wer eine Lehre von mir erwartet, die etwas anderes ist als eine Hinzeigung dieser Art, wird stets enttäuscht werden. Es will mir jedoch scheinen, dass es in unserer Weltstunde überhaupt nicht darauf ankommt, feste Lehre zu besitzen, sondern darauf, ewige Wirklichkeit zu erkennen und aus ihrer Kraft gegenwärtiger Wirklichkeit standzuhalten. Es ist in dieser Wüstennacht kein Weg zu zeigen; es ist zu helfen, mit bereiter Seele zu beharren, bis der Morgen dämmert und ein Weg sichtbar wird, wo niemand ihn ahnte."[154]

Gewiss ein Wort der Weisheit, aber wie es konkretisiert und praktisch umgesetzt werden kann, dies zu entscheiden ist von Situation zu Situation – auf Verantwortung hin – jedem zugemutet und zugetraut!

Literatur in Auswahl

Ariel, David S.: Die Mystik des Judentums. München 1993.

Barzilai, Shmiel: Musik und Ekstase im Chassidismus. Frankfurt 2007.

Battenberg, Friedrich: Das Europäische Zeitalter der Juden, I/II. Darmstadt 1990.

Ben-Sasson, Haim Hillel (Hrg.): Geschichte des jüdischen Volkes I/III. München 1979 f.

Bloch, Chaim: Aus Mirjams Brunnen. Chassidische Erzählungen und Legenden.

Buber, Martin: Schriften zum Chassidismus, in Werke III. München-Heidelberg 1963. Darin sind enthalten:
Vom Leben der Chassidim, Des Rabbi Israel ben Elieser (Baal-Schem-Tow) Unterweisung im Umgang mit Gott.
Die Erzählungen der Chassidim.
Der Weg des Menschen in der hcassidischen Lehre.
Die chassidische Botschaft.
Der Chassidimus und der abendländische Mensch.
Mein Weg zum Chassidismus.
Gog und Magog.

Dan, Joseph: Die Kabbala. Stuttgart 2007.

Davidowicz, Klaus Samuel: Gershom Scholem und Martin Buber. Die Geschichte eines Missverständnisses Neukirchen-Vluyn 1995.

Dubnow, Simon: Geschichte des Chassidismus, 2 Bände. Berlin 1931 f.; Jerusalem 1965.

Hamacher, Elisabeth: Gershom Scholem und die Allgemeine Religionsgeschichte. Berlin-New York 1999.

Hilburg, Erich K.J.: Der Chassidismus, in: Germania Judaica, N.F. 24/25. VII. Jahrg. 1968.

Horodezky, Samuel. A.: Religiöse Strömungen im Judentum, mit besonderer Berücksichtigung des Chassidismus. Bern-Leipzig 1920.

Grözinger, Karl Erich.: Jüdisches Denken. Von der mittelalterlichen Kabbala zum Chassidismus. Band 2. Darmstadt 2005.

Haumann, Heiko: Geschichte der Ostjuden. München 1990.

Hurwitz, Siegmund: Archetypische Motive in der chassidischen Mystik, in: Zeitlose Dokumente der Seele. Studien aus dem C.G.Jung Institut, Band 3. Zürich 1952.

Kilcher, Andreas: Die Sprachtheorie der Kabbala als ästhetisches Paradigma. Stuttgart 1998.

Landmann, Salcia: Was ist Chassidismus? In: Der ewige Jude. München 1974.

Langer, Georg: Liebesmystik der Kabbala. München-Planegg 1956.

Langer, Georg: Neun Tore. Das Geheimnis der Chassidim. München-Planegg 1959.

Lapide, P. – K.E. Grözinger u.a.: Der Chassidismus. Leben zwischen Hoffnung und Verzweiflung. Herrenalber Forum 15. Karlsruhe 1996.

Mintz, Jerome R.: Legends of the Hasidim. Chicago-London 1968.

Necker, Gerold: Einführung in die lurianische Kabbala. Frankfurt 2008.

Pourshirazi, Katja: Martin Bubers literarisches Werk zum Chassidismus. Eine textlinquistische Analyse. Frankfurt 2008.

Schatz-Uffenheimer, Rivka: Die Stellung des Menschen zu Gott und Welt in Bubers Darstellung des Chassidismus, in: Schilpp-Friedman (Hrg.): Martin Buber. Stuttgart 1963.

Schoeps, Hans Joachim (Hrg.): Jüdische Geisteswelt. Zeugnisse aus zwei Jahrtausenden. Darmstadt 1953.

Scholem, Gershom: Die jüdische Mystik in ihren Hauptströmungen. Frankfurt 1957.

Scholem, Gershom: Zur Kabbala und ihrer Symbolik. Zürich 1960.

Scholem, Gershom: Von der mystischen Gestalt der Gottheit. Zürich 1962.

Scholem, Gershom: Judaica I/III, Frankfurt 1963 ff.

Scholem, Gershom: Kabbalah. Jerusalem 1974.

Thoma, Clemens: Nachman von Brazlaw. Freiburg 2002.

Wehr, Gerhard: Martin Buber in Selbstzeugnissen und Bilddokumenten. Reinbek 1968 (Rowohlt Monographie 1947).

Wehr, Gerhard: Martin Buber. Leben, Werk, Wirkung. Zürich 1991 (Neuausgabe in Vorbereitung).

Wiesel, Elie: Chassidische Feier. Wien 1974.

Wilhelm, Kurt (Hrg.) Jüdischer Glaube. Eine Auswahl aus zwei Jahrtausenden. Bremen 1961.

Anmerkungen

1. Elie Wiesel: Chassidische Feier. Wien 1974.
2. Aurelius Augustinus: Soliloquia – Selbstgespräche über Gott und die Unsterblichkeit der Seele, I, 7. Zürich 1954, S. 61.
3. Gerhard Wehr: Theo-Sophia. Christlich-abendländische Theosophie. Eine vergessene Unterströmung. Zug/Schweiz 2007, S. 18 – 36.
4. Gershom Scholem: : Die jüdische Mystik in ihren Hauptströmungen. Frankfurt 1957, S. 357.
5. Georg Langer: Neun Tore. Das Geheimnis der Chassidim. München-Planegg 1959, S. 17.
6. Gershom Scholem: Die jüdische Mystik in ihren Hauptströmungen. Frankfurt 1957, S. 384.
7. Gershom Scholem: : Die jüdische Mystik in ihren Hauptströmungen. Frankfurt 1957, S. 384.
8. Georg Langer: Neun Tore. S. 16.
9. Karl Erich Grötzinger: Jüdisches Denken. Band 2: Von der mittelalterlichen Kabbala zum Hasidismus. Darmstadt 2005, S. 687.
10. Karl Erich Grötzinger: Jüdisches Denken. Band 2: Von der mittelalterlichen Kabbala zum Hasidismus. Darmstadt 2005, S. 689 f.
11. Gershom Scholem: Die jüdische Mystik..., S. 87 ff. – Ben-Sasson, Haim Hillel (Hrg.): Geschichte des jüdichen Volkes. München 1979, Band II. Vom 7. – 17. Jahrhunderte. – Friedrich Battenberg: Das Europäische Zeitalter der Juden. Darmstadt 1990. Band I, S. 58 ff.
12. David S. Ariel: Die Mystik des Judentums. München 1993, S. 69 f.
13. Simon Dubnow: Geschichte des Chassidismus. Jerusalem 1969, S. 67.
14. Heiko Haumann: Geschichte der Ostjuden. München 1990, S. 29.
15. Monika Rüthers: Elend und Ekstase. Zu den sozialgeschichtlichen Hintergründen des Chassidismus, in: Der Chassidismus. Leben zwischen Hoffnung und Verzweiflung. Hrg. Evangelische Akademie Baden. Karlsruhe-Bad Herrenalb 1996, S. 52 ff.
16. Heiko Haumann: Geschichte der Ostjuden. München 1998, S. 40 ff.
17. Gershom Scholem: Sabbatai Zwi. Der mystische Messias. Frankfurt 1992.
18. Gershom Scholem: Die Metamorphose des häretischen Messianismus der Sabbatianer im religiösen Nihilismus des 18. Jahrhunderts, in: Ders.: Judaica 3. Frankfurt 1973, S. 198 ff.
19. Bemerkenswerterweise stimmen Geburts- und Todesjahr (1700 und 1760) von Baal Schem und dem Begründer der Herrnhuter Brüdergemeinde, Ludwig Graf Zinzendorf, überein.

20. Gershom Scholem: Die jüdische Mystik [...] S. 327.
21. Gershom Scholem: Von der mystischen Gestalt der Gottheit. Studien zu Grundbegriffen der Kabbala. Zürich 1962, S. 238.
22. Gershom Scholem: Die jüdischen Mystik S. 361.
23. Gershom Scholem: Die jüdischen Mystik S. 370.
24. Martin Buber: Baal-Schem-Tows Unterweisung im Umgang mit Gott, in: Martin Buber: Werke Band III. München-Heidelberg 1963, S. 49.
25. Chaim Bloch: Die Gemeinde der Chassidim. Berlin-Wien 1920, S. 22 f.
26. Simon Dubnow: Geschichte des Chassidismus, S. 75.
27. Martin Buber: Chassidische Botschaft. Heidelberg 1952.
28. Simon Dubnow: Geschichte der Chassidim, S. 77.
29. Martin Buber: Die Erzählungen der Chassidim. Zürich 1949.
30. Martin Buber: Die Erzählungen der Chassidim. Zürich 1949, S. 15. Auf einem anderen Blatt steht, ob die von Buber apostrophierte „Psychologie" auf der einen, „Leben" auf der anderen Seite eine derartige Trennung zulassen!
31. Karl Erich Grözinger: Jüdisches Denken II, S. 712 ff.
32. Ebenda.
33. Ebenda.
34. R. Schatz: Contemplative prayer in Hasidism, in: Studies in Mysticism and Religion, presented to Gershom G. scholem by pupils, colleagues and friends. Jerusalem 1967, S. 209 – 226.
35. Martin Buber: Werke Band III. Schriften zum Chassidismus, S. 60 ff. Besonders hinzuweisen ist auf die mit zahlreichen Erläuterungen und Kommentaren versehene 4. Einzelausgabe von Lothar Stiehm: Des Rabbi Israel ben Elieser Baal-Schem-Tow. Das ist Meister vom guten Namen. Unterweisung im Umgang mit Gott. Aus Bruchstücken gefügt von Martin Buber. Heidelberg 1981.
36. Martin Buber: Werke Band III. Schriften zum Chassidismus, S. 57.
37. Martin Buber: Werke Band III. Schriften zum Chassidismus, S. 61 .
38. Martin Buber: Werke Band III. Schriften zum Chassidismus, S. 58 .
39. Martin Buber: Werke Band III. Schriften zum Chassidismus, S. 59 .
40. Gerold Necker: Einführung in die lurianische Kabbala. Frankfurt 2008.
41. Martin Buber: Werke Band III. Schriften zum Chassidismus, S. 54 .
42. Martin Buber: Werke Band III. Schriften zum Chassidismus, S. 54 .
43. Martin Buber: Werke Band III. Schriften zum Chassidismus, S. 52 .
44. Martin Buber: Werke Band III, S. 967 f.) – Vgl. Lothar Stiehm in: Des Rabbi Israel ben Elieser [...] (wie Anm. 35), S. 138 ff.
45. Text in „Jüdische Geisteswelt", hrg. von Hans Joachim Schoeps. Darmstadt 1953, S. 214 ff.

46. Text in „Jüdische Geisteswelt", hrg. von Hans Joachim Schoeps. Darmstadt 1953, S. 215.
47. Bezeichnung für Gesetzeslehrer des 1. bis 3. Jahrhunderts.
48. Gerechte im Sinne der Gesetzeserfüllung.
49. Text in „Jüdische Geisteswelt", hrg. von Hans Joachim Schoeps. Darmstadt 1953, S. 215 f.
50. Text in „Jüdische Geisteswelt", hrg. von Hans Joachim Schoeps. Darmstadt 1953, S. 216.
51. Die Zitate aus dem Vermächtnis des Bescht erfolgen nach: Jüdischer Glaube. Eine Auswahl aus zwei Jahrtausenden. Hrg. Kurt Wilhelm. Bremen 1961, S. 296 ff.
52. Jüdischer Glaube. Eine Auswahl aus zwei Jahrtausenden. Hrg. Kurt Wilhelm. Bremen 1961, S. 297.
53. Gerhard Wehr: Gnosis, Gral und Rosenkreuz. Esoterisches Christentum von der Antike bis heute (1995). Köln 2007, S. 104 ff.
54. An dieser Stelle ließe sich auf parallele Erscheinungen in der christlichen Mystik hinweisen, etwa auf Meister Eckhart, dem es darum ging, „Gott in allen Dingen" zu ergreifen, also sich nicht nur nach innen zu wenden, sondern die äußere Tat in ihrer Gottbezogenheit zu vollbringen.
55. Jüdischer Glaube. Eine Auswahl aus zwei Jahrtausenden. Hrg. Kurt Wilhelm. Bremen 1961, S. 297.
56. Jüdischer Glaube. Eine Auswahl aus zwei Jahrtausenden. Hrg. Kurt Wilhelm. Bremen 1961, S. 298.
57. Jüdischer Glaube. Eine Auswahl aus zwei Jahrtausenden. Hrg. Kurt Wilhelm. Bremen 1961, S. 298.
58. H. J. Schoeps in: Jüdische Geisteswelt, S. 213.
59. Martin Buber: Die chassidische Botschaft. Heidelberg 1952, S. 33. (Jetzt in Werke Band III).
60. Gershom Scholem: Die jüdische Mystik, S. 10.
61. Gershom Scholem: Die jüdische Mystik, S. 11 f.
62. Andreas Kilcher: Die Sprachtheorie der Kabbala als ästhetisches Paradigma. Stuttgart 1998.
63. Peter Schäfer: Weibliche Gottesbilder im Judentum und Christentum. Frankfurt 2008, S. 48-53.
64. Gerhard Wehr: Esoterisches Christentum (1975), jetzt: Gnosis, Gral und Rosenkreuz. Köln 2007.
65. Die Bedeutung des Wortes „Kabbala" im Laufe der Jahrhunderte eine vielseitige Ausweitung erfahren. Das trifft auch auf den Sinngehalt der zehn Sefirot als den Inbegriff der göttlichen Sphären, Seinsebenen und Kräften zu. Vgl. Josef Dan: Die Kabbala. Stuttgart 2007, S. 16 ff.

66. Gershom Scholem: Von der mystischen Gestalt der Gottheit. Zürich 1962.
67. Johann Maier: Die Kabbalah. München 1995.
68. Gershom Scholem: Schechina, das passiv-weibliche Moment in der Gottheit, in: Von der mystischen gestalt der Gottheit. Zürich 1962, S. 134 – 191.
69. Martin Buber: Werke III, S, 56 f.
70. Gershom Scholem: Die Jüdische Mystik, S. 375.
71. Gershom Scholem: Die jüdische Mystik, S. 371.
72. Josef Dan: Die Kabbala, S. 97.
73. Das Buch Bahir. Hrg. Gerhard Scholem (1923). Darmstadt 1970.
74. Sefer Jezira. Hrg. Klaus Herrmann. Frankfurt 2008.
75. Der Sohar (Sefer ha-Sohar). Hrg. Ernst Müller. Wien 1932.
76. Gerold Necker: Einführung in die luriansiche Kabbala. Ffm. 2008, S. 74.
77. Alexandre Safran: Die Kabbala. Bern-München 1966, S. 281 und 283 f.
78. Martin Buber: Schriften zum Chassidismus, Werke III, S. 999 ff.
79. Martin Buber: Schriften zum Chassidismus, Werke III, S. 1260.
80. Simon Dubnow: Geschichte des Chassidismus, Bd. I, S. 28 f.
81. Es muss nicht eigens nachgewiesen werden, dass damit bestenfalls nur ein Aspekt christlicher Mystik gemeint sein kann. Man erinnere nur an Meister Eckhart, der den Dienst der Martha über die Beschaulichkeit der Maria gestellt hat, zumal es darum geht, „Gott in allen Dingen" zu ergreifen.
82. Leo Baeck: Wege im Judentum. Berlin 1933, zit. nach: Mystische Erfahrung. Freiburg 1976, S. 71.
83. Rabbi Elia von Wilna, der sich den Chassidim entgegenstellte, gilt als „die bedeutendste Koryphäe des litauischen Judentums und (als) ein ausgezeichneter Repräsentant der Vereinigung höchsten rabbinischen Wissens mit einer strikt theistischen, orthodoxen Kabbala" (G. Scholem: Jüdische Mystik, S. 379 f).
84. Heiko Haumann: Geschichte der Ostjuden, S. 76.
85. Gershom Scholem: Die jüdische Mystik, S. 105.
86. Arie Rubinstein: Hasidism. Jerusalem 1975, S. 33.
87. Gershom Scholem: Von der mystischen Gestalt der Gottheit. Zürich 1962, S. 239.
88. Gershom Scholem: Von der mystischen Gestalt der Gottheit. Zürich 1962, S. 242.
89. Gershom Scholem: Die jüdische Mystik, S. 368.
90. Martin Buber: Schriften zum Chassidismus. Werke III, S. 817.
91. Gershom Scholem: Die jüdische Mystik, S. 383.

92. Martin Buber: Werke III, S. 818.

93. Es wird auffallen, dass Chassidismus stets mit Blick auf den Mann geschildert wird. Dabei steht außer Frage, dass die jüdische Frau – analog zu Eva als das Gegenüber zu Adam – die unverzichtbare Partnerin mitgenannt werden muss. Und wenn sich der hebräische Patriarchalismus auch bei den Chassidim mit gleicher Einseitigkeit ausgewirkt hat, so vollzieht eine Frau in ihrem Leben und Wirken mit gleicher Wertigkeit Debekut mit dem Ziel von Jichud wie ihr Mann. Die Frau kann und soll ihrem Mann Ansporn sein, es mit seiner Gotteshingabe ernst zu nehmen.

94. Gershom Scholem: Von der mystischen Gestalt der Gottheit, S. 85.

95. Chajim Vital, zit. bei Erwin K.H. Hilburg: Der Chassidismus, in: Germania Judaica. Kölner Bibliothek zur Geschichte des deutschen Judentums. Neue Folge 24/25. VII. Jahrg, Heft 2/3 1968, S. 24.

96. Chajim Vital, zit. bei Erwin K.H. Hilburg: Der Chassidismus, in: Germania Judaica. Kölner Bibliothek zur Geschichte des deutschen Judentums. Neue Folge 24/25. VII. Jahrg, Heft 2/3 1968, S. 24.

97. Gershom Scholem: Die jüdische Mystik, S. 375.

98. Martin Buber: Schriften zum Chassidismus. Werke III, S. 21.

99. Simone Weil: Das Unglück und die Gottesliebe. München 1961, S. 54. Vgl. Gerhard Wehr: Christliche Mystiker. Von Paulus und Johannes bis Simone Weil und Dag Hammarskjöld. Regensburg 2008, S. 229 ff.

100. Zit. nach Jüdische Geisteswelt, S. 121 ff.

101. Martin Buber: Chassidische Botschaft, S. 57.

102. Martin Buber: Chassidische Botschaft, S. 155.

103. Siegmund Hurwitz: Archetypische Motive in der chassidischen Mystik, in: Zeitlose Dokumente der Seele. Studien aus dem C.G. Jung-Institut Zürich, Band 3. Zürich 1952, S. 121-212.

104. Siegmund Hurwitz: Archetypische Motive in der chassidischen Mystik, in: Zeitlose Dokumente der Seele. Studien aus dem C.G. Jung-Institut Zürich, Band 3. Zürich 1952, S. 210.

105. Simon Dubnow: Geschichte des Chassidismus, Bd. 1, S. 100.

106. Simon Dubnow: Geschichte des Chassidismus, Bd. 1, S. 101.

107. Gerhard Wehr: Heilige Hochzeit. Symbol und Erfahrung menschlicher Reifung (1987). Frankfurt (Edition Pleroma) 2008.

108. Gershom Scholem: Von der mystische Gestalt der Gottheit, S. 178.

109. Gershom Scholem: Von der mystischen Gestalt der Gottheit, S. 114.

110. Gershom Scholem: Von der mystischen Gestalt der Gottheit, S. 84.

111. Gershom Scholem: Von der mystischen Gestalt der Gottheit, S. 116.

112. Martin Buber: Chassidische Botschaft, S. 109

113. Martin Buber: Die Erzählungen der Chassidim. Zürich 1949, S. 418.

114. Martin Buber: Mein Weg zum Chassidismus, in: Werke Band III, S. 973.
115. Karl Erich Grözinger: Jüdisches Denken II, S. 811.
116. Martin Buber: Die Erzählungen der Chassidim. Zürich 1949, S. 193.
117. Simon Dubnow: Geschichte des Chassidismus, Bd. 1, S. 146 ff.
118. Karl Erich Grözinger: Jüdisches Denken II, S. 809.
119. Martin Buber: Die Erzählungen der Chassidim, S. 52.
120. Karl Erich Grözinger: Jüdisches Denken II, S. 854.
121. Nicht in Bubers Erzählungen der Chassidim, sondern in seinem III. Werk-
      band (S. 895 ff.) findet man die Würdigung Rabbi Nachmans. – Vgl. Cle-
      mens Thoma: Nachman von Brazlaw. Meister der Spiritualität, Freiburg
      2002.
122. Martin Buber: Werke III, S. 895 ff.
123. Martin Buber: Werke III, S. 909.
124. Martin Buber: Werke III, S. 909.
125. Martin Buber: Werke III, 908.
126. Martin Buber: Werke III, 909.
127. Martin Buber: Werke III, 908.
128. Martin Buber: Die Erzählungen der Chassidim, S. 134.
129. Martin Buber: Die Erzählungen der Chassidim, S. 351.
130. Martin Buber: Die Erzählungen der Chassidim, S. 132 f.
131. Martin Buber: Die Erzählungen der Chassidim, S. 351.
132. Martin Buber: Die Erzählungen der Chassidim, S. 345.
133. Martin Buber: Die Erzählungen der Chassidim, S. 343
134. Martin Buber: Die Erzählungen der Chassidim, S. 342.
135. Gershom Scholem: Die jüdische Mystik, S. 43 – 86.
136. Martin Buber: Chassidische Botschaft, S. 96.
137. Vgl. Gerhard Wehr: Martin Buber. Leben, Werk, Wirkung. Zürich 1991.
      Es handelt sich um die wesentlich überarbeitete Erstfassung (München
      1977: Der deutsche Jude Martin Buber). Neufassung in Vorbereitung.
138. Martin Buber: Werke III, S. 1259 f.
139. Ekstatische Konfessionen. Gesammelt von Martin Buber. Jena 1909; ver-
      ändert Leipzig1921.
140. Martin Buber: Mein Weg zum Chassidismus, in: Werke III, S. 967 f.
141. Martin Buber: Mein Weg zum Chassidismus, in: Werke III, S. 967.f.
142. Martin Buber: Mein Weg zum Chassidismus, in: Werke III, S. 967.
143. Paula Buber ist ihrerseits mit Erzählungen hervorgetreten, z.B. unter dem
      Pseudonym Gerorg Munk: Die unechten Kinder Adams (1912); Sankt
      Gertrauden Minne (1921); Die Gäste (1927); Geister und Menschen. Ein
      Sagenbuch. (München 1961).

144. Wie Buber über seine Vorläufer dachte, geht aus einem Brief (1906) an Hugo von Hofmannsthal (in: Briefwechsel aus sieben Jahrzehnten I, S. 243) hervor. Danach habe er jene als Datensammler geschätzt. Den Büchern als solchen habe er „eigentlich nichts zu verdanken, wohl aber persönliche Mitteilungen und Anregungen, namentlich Berdyczewskis."

145. Martin Buber: Die Legende des Baal-Schem. Zürich 1955, S. 8 f.

146. Martin Buber: Mein Weg zum Chassidismus, in: Werke III, S. 969

147. Martin Buber: Mein Weg zum Chassidismus, in: Werke III, S. 969

148. Dieser Einteilung folgt auch die dreibändige Ausgabe der Werke Martin Bubers, auf die hier zitatweise Bezug genommen wird. Davon unterschied Buber in einem gesonderten Band unter dem Titel „Der Jude und sein Judentum" (Köln 1963) weitere Aufsätze und Schriften, die das Frühwerk ergänzen. Die noch im Erscheinen begriffene Werkausgabe (Gütersloh 2003 ff) ist auf 21 Bände berechnet.

149. Bezüglich der Biographie Bubers ist anzumerken, dass die ersten, vor 1920 erschienenen chassidischen Editionen noch in die vordialogische Zeit fallen – „Ich und Du" wurde 1923 veröffentlicht.

150. Martin Buber: Mein Weg zum Chassidismus, Werke III, S. 972.

151. Martin Buber: Zwiesprache (1930), in Schriften zur Philosophie: Werke I, S. 186.

152. Martin Buber: Ich und Du (1923), in: Werke I, S. 88.

153. Martin Buber: Das verborgene Licht. Frankfurt 1924, S. 10.

154. Martin Buber im Vorwort zu: „Die Erzählungen der Chassidim", Werke III, S. 77.

155. Martin Buber, Werke III, S. 74

156. Martin Buber: Chassidische Botschaft, S. 127.

157. Gershom Scholem: Martin Bubers Deutung des Chassidismus, in: Judaica I. Frankfurt 1963, S. 165.

158. Gershom Scholem: Martin Bubers Deutung des Chassidismus, in: Judaica I. Frankfurt 1963, S. 168.

159. Gershom Scholem: Von Berlin nach Jerusalem. Erw. Ausgabe. Frankfurt 1997.

160. Gershom Scholem: Von Berlin nach Jerusalem. Erw. Ausgabe. Frankfurt 1997, S. 40 ff.

161. 1950 schrieb Hermann Hesse in einem seiner Briefe: „Buber hat, wie kein anderer lebender Autor, die Weltliteratur um einen echten Schatz bereichert." (H.Hesse: Briefe. Berlin 1951, S. 324):

162. Gershom Scholem: Judaica I, S. 168.

163. Scholems Anschauung wurde in der Neuen Zürcher Zeitung vom 20. und 27. Mai 1962 veröffentlicht und nachmals in Judaica I aufgenommen.

164. Gershom Scholem: Judaica I, S. 170.
165. Gerhard Wehr: Martin Buber. Leben, Werk, Wirkung. Zürich 1991, S. 145 ff. – Rivka Horwitz: Buber's Way to ‚I and Thou'. Heidelberg 1978. Paul R. Mendes-Flohr: Von der Mystik zum Dialog. Martin Bubers geistige Entwicklung bis hin zu „Ich und Du." Königsstein 1979.
166. Martin Buber: Schriften zur Philosophie. Werke I. München-Heidelberg 1962. – Anzumerken ist, dass die ersten seiner chassidischen Bücher noch in der Zeit seiner Beschäftigung mit den mystischen Überlieferungen entstanden sind.
167. Walter Kaufmann: Bubers Fehlschläge und sein Triumph, in: Martin Buber. Hrg. von J. Bloch und H. Gordon. Freiburg 1983, S. 38.
168. Gershom Scholem: Judaica 1, S. 172f.
169. Gershom Scholem: Judaica 1, S. 202.
170. Vgl. die Beiträge anlässlich des Buber-Kongresses zum 100. Geburtstag 1978 an der Ben-Gurion-Universität des Negev in Beersheba, dokumentiert in: Martin Buber – Bilanz seines Denkens. Hrg. von Jochanan Bloch und Haim Gordon. Freiburg 1983.
171. Martin Buber: Autobiographische Fragmente, sowie Antwort, in Martin Buber, hrg. von Paul Arthur Schilpp und Maurice Friedman (Philosophen des 20. Jahrhunderts). Stuttgart 1963, S. 632.
172. Klaus Samuel Davidowicz: Gershom Scholem und Martin Buber. Die Geschichte eines Missverständnisses. Neukirchen-Vluyn 1995, S. 105.
173. Walter Kaufmann: Bubers religiöse Bedeutung, in: Schilpp-Friedman a.a.O. 583. – Zu dieser positiven Einschätzung bekennt sich Kaufmann auch anlässlich des Buber-Kongresses von 1978.
174. Martin Buber: Briefwechsel aus sieben Jahrzehnten, Band III. 1938-1965. Heidelberg 1975, S. 442.
175. Martin Buber: Der Heilige Weg, in: Der Jude und sein Judentum. Köln 1963, S. 114.
176. Martin Buber: Gog und Magog. Nachwort, in: Werke III, 1261.